名家小写文集

郭茂媛 著

穿过心底的温暖

北京联合出版公司
Beijing United Publishing Co.,Ltd.

图书在版编目（CIP）数据

穿过心底的温暖 / 郭茂媛著 . -- 北京：北京联合出版公司, 2024.8. --（名家小写文集）. -- ISBN 978-7-5596-7899-7

Ⅰ . I267

中国国家版本馆 CIP 数据核字第 2024LU7948 号

穿过心底的温暖

| 作　　者：郭茂媛
| 主　　编：张海君
| 出 品 人：赵红仕
| 出版监制：张晓冬
| 责任编辑：徐　樟
| 特约编辑：和庚方　张　颖
| 封面设计：立丰天

北京联合出版公司出版
（北京市西城区德外大街 83 号楼 9 层　100088）
三河市同力彩印有限公司印刷　新华书店经销
字数 260 千字　710 毫米 × 1000 毫米　1/16　13 印张
2024 年 8 月第 1 版　2024 年 8 月第 1 次印刷
ISBN 978-7-5596-7899-7
定价：65.00 元

版权所有，侵权必究
未经书面许可，不得以任何方式转载、复制、翻印本书部分或全部内容。
本书若有质量问题，请与本公司图书销售中心联系调换。
电话：17710717619

目　录

又见山溪 …………………………………… 001
怀念故乡的冬天 …………………………… 003
怀念故乡的小河 …………………………… 007
老屋黄昏一梦如影 ………………………… 011
阿姐喊我摘茶籽 …………………………… 014
山村夜话 …………………………………… 018
燕子和她的两个阿妈 ……………………… 022
屋场里的那户人家 ………………………… 034
青　梅 ……………………………………… 040
大林哥 ……………………………………… 044
远清叔 ……………………………………… 048
桃花姐 ……………………………………… 053
翠　平 ……………………………………… 059
细　香 ……………………………………… 064
阿　莲 ……………………………………… 067
长发婶子 …………………………………… 071
月娥叔婆 …………………………………… 075
三叔婆和她的大媳妇 ……………………… 080

路路长，扁担长 ………………………………………… 085
我的月光 …………………………………………………… 130
母亲做的坛子菜 …………………………………………… 133
喜欢看情感剧的老母亲 …………………………………… 135
握住母亲的手 ……………………………………………… 139
大哥，生日快乐 …………………………………………… 142
二哥，下辈子我还做你的妹妹 …………………………… 146
香香软软的推浆米果 ……………………………………… 150
腊味飘香 …………………………………………………… 154
能饮一杯无 ………………………………………………… 157
阿爸，清明节谁给你上坟 ………………………………… 160
留在那个冬天的温暖 ……………………………………… 165
哀哀我母 …………………………………………………… 168
玉手纤纤 …………………………………………………… 172
看不到风景的房子 ………………………………………… 176
左肩高，右肩低 …………………………………………… 179
屁股两边摆 ………………………………………………… 184
老　谢 ……………………………………………………… 189
叶　姐 ……………………………………………………… 193
老娘，老婆 ………………………………………………… 197
老公，老婆 ………………………………………………… 201

又见山溪

又梦见家乡门口的那条小溪了。

没有人知道它是什么时候有的,只知道是由岩边山麓众多的山沟山谷的涓涓细流汇集而成的。穿过峥嵘嶙峋的山石,淌过盘根错节的古树,流经美丽富饶的梨花沟,一路欢歌,一路跳跃,来到了我的家乡——上杭村。

小时候,我最爱的是和阿强哥去小溪抓鱼。我赤着双脚站在清凉的溪水中,两眼紧盯着阿强哥伸向长满青苔的石缝中的手。猛然听到阿强哥兴奋的叫声"抓到了"。我赶紧将鱼篓递了过去,一尾银色的小鱼立即从阿强哥的指缝漏进鱼篓。等到中午,就能吃上新鲜的辣椒煮鱼了。累了,我们便随意坐在溪边的大麻石上。从水底捞一把光滑的鹅卵石,然后再一粒粒扔进水中,溅起美丽的水珠无数。听溪水潺潺,诉说小山村几百年间的兴衰变迁。

背着书包去读书。教室里琅琅的读书声,伴着操场外小溪淙淙的流水声。校舍掩映在浓绿的翠竹丛中。春风吹遍竹林,春笋蓬蓬勃勃,破土而出,竹子的家族又添新的血液。我们嬉戏于林中,谈天、谈地、谈理想。阿强哥是校篮球队的主力,兰姐喜欢画画。山外省城大姨的女儿寄来几张透明的、图案极其精美的包糖纸，翠平和我将其视如宝贝，小心翼翼地夹进书中。它引起了我们许多美丽的憧憬和幻想。

命运总是捉弄人，阿强哥、兰姐、翠平均以几分之差，最终名落孙山，将他们的身影永远地留在了大山中。

翠平嫁人那天，我将珍藏多年的包糖纸用一个漂亮的盒子装着，扎上鲜艳的红绸子，夹在一块被面中送给了她。翠平手抚着漂亮的包糖纸，许久说不出话来。

去年春节前夕，我又回了一趟老家。坐在火塘边，红红的炭火映着阿强哥黑红的脸膛，结实、健壮的身子。他俨然是一个地道的山里汉子了。只见他沉默地咂着烟，说粮食是有的吃了，每年总还有些剩余，就是经济不够发达，他准备自办一个竹器加工厂。当时的兰姐依然没有嫁人，除了剪裁手艺外，又学会了油漆家具。家里盖起了红砖大瓦房，买了彩电。她还准备赚够了钱，到祖国的名城古迹去看一看。单缺翠平，翠平婚后的日子并不好过，因为一连生了两个女孩儿，她不被公婆原谅，丈夫也没有给她好脸色，还说是她绝了他们家的香火。

夜深了，阿强哥、兰姐起身告辞，只剩下我和娘凄清地坐在微温的火塘边。我走出老屋，荧然的雪光，将远处的山峦、梯田，近处的屋宇，朦胧地呈现在我的眼前。凝神静立，小溪"叮咚"的流响，清晰地传进我的耳鼓。我不由自主地踏着雪，朝着小溪走去。

怀念故乡的冬天

天很低,低到站在稍微高一点儿的屋顶上,伸手就可以抓住一把云。天气也很暗,才下午三点多钟,就好像是傍晚五六点的样子,一副沉沉的样子,压得人透不过气来。雾很浓,我站在城市的街头往远处看,就好像裹在雾里一样。风,很冷也很硬,你想挺胸抬头,装端庄大方、气质优雅都不行,你缩手缩脚,全然不顾形象。

变天了,其实早就该变了,都进入农历的十二月份了,太阳还像个遵守纪律的小学生似的,按时上学,无风无雨,更别说雪了。这怎么行呢?冬天就该有冬天的样子,有风有雨,更应该有雪。

记得小时候,在老家,一到冬天,大人们都不用去生产队里出工,阿妈也不用去田里、土里找猪草。小草枯了,野草没了,树叶掉了:没地方寻找猪草。猪潲都是早就备好的,是干猪菜,比如红薯藤、土豆苗。不用去找猪草的阿妈,就在家里打布壳、纳鞋底、做鞋面。这样一来,等大年初一的时候,家里每个人都会有一双新棉鞋穿。阿爸也不上山去挖树蔸子了,一个冬天的柴火,阿爸早就备足了,那杂屋里的柴堆得跟小山似的。

最令人高兴的,一到冬天,阿爸阿妈的脾气似乎格外好,他们都不需要做什么事，更不会管我们玩什么、怎么玩。即使我们玩藏猫子弄得一头一脸的灰，都不会挨骂。无论睡懒觉睡得多晚，都不会叫我们起床。每天吃两餐，十一二点吃一餐，六七点再吃一餐。窝在床上、缩在被子里，想做什么梦、想做多久的梦，都不会有人闯进来大喊大叫。

起床后，先是阿妈熬的甜酒稀饭，在灶台上暖着，热腾腾地冒着气。端起来，细嚼慢咽也行，风卷残云也行。喝完稀饭，整个人感觉精神头十足。然后，蹲在灶门口，假装乖乖崽似的要帮阿妈或阿爸烧火。其实是惦记灶门口的那团暖和。正在烧火的阿妈或者阿爸，不会戳穿你的小把戏，他们会非常乐意地把那一团暖气让给自己的孩子们。饭熟了，菜好了。饭，虽然不是什么好饭，掺了很多红薯丝，菜也只是两大碗蔬菜，但一家人团团地坐着，那饭也就有一股清香味，那红薯丝也变得分外地甜，黄芽白、大萝卜，也就跟肉一样好吃。

下午三四点钟的时候，有点儿难挨，肚子一直在"咕咕"叫呢。这个时候，平常很舍不得的阿妈，会从她藏好的坛坛罐罐里，变戏法似的拿出炒得香喷喷的葵花子、甜津津的红薯干给我们填填肚子。东西不多，可能刚好够塞牙缝。但正因为它少，所以吃起来就格外地香甜。

我们边吃东西，边烤着小火笼，别提多开心了。说到小火笼，那也是一个很有意思的东西呢。那小巧的竹片，编成了一个个精精致致的小火笼。小小的火笼，有阿爸的疼，有阿妈的爱。在我们还没起床的时候，阿爸、阿妈就给我们的小火笼里加上红红的炭火了。再盖上刚从灶膛里铲出的柴灰，温温的，那小火笼的提手，就不会烫着我们细嫩的手了。

下雪的时候，就更好玩了。我们套上阿妈或阿爸的雨鞋，又把阿妈做饭用的围裙顶在头上，就像撒欢的小狗似的，冲到雪地上去了。我们堆雪人、打雪仗，小手冻得通红，牙齿冻得直打颤，可还是没有一个人愿意回到屋子里去。那大如棉花的雪、那小如米头子的雪，都喜欢和我们玩，淘气地钻进我们的头发根里、颈子里。更有不怕冷的小伙伴，竟然把雪放进嘴里。白雪给晒坪盖上了一床白被子，我们在白被子上留下脏脏的小脚印。雪不会怪我们的，等我们走后，雪又轻柔地给晒坪再盖上一层被子。

　　何止晒坪里盖上了一层又一层的白被子。站在晒坪里往四周看，屋顶上、收割了晚稻的水田里、弯弯曲曲的小路上、高高矮矮大大小小的山上，全都是白茫茫的。鹅毛大雪纷纷扬扬地下了一夜，天，放晴了。暖融融的阳光照在雪地上，雪花一点点地融化了。灶屋屋顶上的雪化得最快，雪水从屋檐上"滴滴答答"地往下掉。晚上，风在门外"呜呜"地叫，又是拍门，又是打窗子，好像也要挤进屋子里取暖似的。哪里进得来呢？门窗都关得严严实实的。风儿愤怒了，奋力地拍门，奋力地打窗，最后怒气冲冲地走了。屋子里的人才不管风儿有多生气呢，他们在暖和的被窝里，做着香香甜甜的美梦。

　　一觉醒来，或几觉醒来，再打开门看。天哪，屋檐下的冰凌子都赶上阿妈炒菜的锅铲把了。小水坑里、小水沟里，都结了冰。远处的山、山上的树，全都银光闪闪。我们央求阿爸或阿妈，从屋檐给自己拗一根冰凌子。冰凌子冰手啊，可我们不怕，拿着不肯松手不算，还放进嘴里去咬，咬得"嘎嘎"地响，跟吃蚕豆一样。谁说我们小时候没有吃过冰棒？这不是冰棒吗？比从冰棒厂出来的加了各种料的冰棒还地道呢。

　　多少年没有经历那样的冬天了？阿爸过世后，我就再没有在老家过冬了，算来也有二十三年了。城里的冬天向来少雪，连续几年都没有下过一场透雪。报纸上写、电视里讲，左一个暖冬右一个暖冬，把人的心都暖毛了。现在的冬天，就像那些没有牛性的牛一样。太阳要死不脱气似的挂在天上，风有气无力地贴着地面走，雨或者雪躲在王母娘娘的瑶池里，爱美的年轻姑娘们依然可以穿着裙子在大街上张扬，男士们也可以在里面穿件保暖内衣，外面罩一件夹克抖派头。家里的人，上班的上班，上学的上学，想要一家子人围炉烤火聊天，根本是不可能的事。一个人坐在电脑前，机械地敲着一些自己也不知道是什么意思的文字，心里头就像堵了一块大石头，让人感觉闷得慌……

怀念故乡的小河

天,是那么蓝,就好像是纯蓝的墨水泼上去似的;云,是那么好看,有的像撒着欢跑的小狗,有的像早上伸着脖子打鸣的公鸡;风,是那么凉,几分钟时间,就将人们满头满脸的汗收掉了;水,是那么清,看得清水中的小鱼、小虾,看得清水底的河卵石……

我和阿珍坐在河中间的那块大麻石上,双脚伸进水里,和水玩游戏。我们背唐诗"朝辞白帝彩云间,千里江陵一日还,两岸猿声啼不住,轻舟已过万重山",唱《在希望的田野上》:"我们的家乡,在希望的田野上,炊烟在新建的住房上飘荡,小河在美丽的村庄旁流淌……"

阿珍的声音又尖又脆,像哨子;我的声音有点儿娇气,像口琴。尖脆的哨声,随风送得很远。幽幽的琴声,在脚下的水中打着旋儿。上游的河水仿佛听到了召唤,急切地从上坑村流到我们下坑村来,坐下来喘口气,又向罗家坳流去。

别小看了这条小河,上坑村、我们村、罗家坳三个村子上百亩稻田,都是靠它灌溉的。他们两个村子,是如何把河里的水引到比河面高的田里去的呢?这个就连我也不知道。我们村是在禁山下筑了一个水坝,水坝两边各开了一个口,河水从口子里源源不断地流向挨着山边子修的两条水渠，水渠再开口子，流向水渠下面的田里。如此看来，那两个村子也是这么做的吧。

　　水稻的生长离不开小河，我们的日常生活也离不开小河。阿妈们在河里洗衣服、洗菜；阿爸们在河里洗手洗脚；天热的时候，细伢子、细妹子们在河里玩水，大伢子、大妹子在河边的柳树下乘凉。河边、河中央的大麻石，既是凳子，又是阿妈们的搓衣板。

　　河里有鱼有虾，还有螃蟹。平日里，那些会摸鱼的人，常能从长着青苔的石缝里捉到几两重的石斑。最开心的时候，是有人用鱼藤药鱼。那些药鱼的人都是悄悄的，头天晚上做好准备，早上四五点起来，天麻麻亮时赶到水头子下药。等有人发现嚷嚷起来的时候，那些药鱼的人差不多就捡了一篓筐了。这没关系，河里的鱼多着呢，他们是捡不完的。如果运气好，还能捡到斤把重一条的鲢子鱼。轮到我们细伢子、细妹子时，就只能捡到磨石狗了。磨石狗也不打紧，同样可以兴奋我们的眼睛和嗓子。何况中午家里的饭桌上，肯定会有一碗新鲜的辣椒煮鱼。

　　细妹子们要比细伢子们多一些喜欢小河，那是因为水坝里深的地方有水草，河两边的小沟小洼里也有肥嫩的狗耳子、水芹，这些都是猪们爱吃的菜。碰得好的话，一个水洼子里的狗耳子、水芹就能装半篓子。比在土里挑车前草、灰灰菜，那可是快多了。

　　这条和我们的生活息息相关的小河，是从哪里来的呢？它是岩池山麓众多的山沟山谷的涓涓细流汇集而成的，穿过峥嵘嶙峋的山石，淌过盘根错节的古树，流经美丽富饶的上坑村，一路欢歌、一路跳跃，来到了我的家乡——下坑村。河水"叮叮咚咚"地从上坑村流进我们村，又潺潺地流进罗家坳。

　　听着河水日夜不停地流动，我和阿珍长成了大妹子。

　　阿珍因为父母年事已高，又无兄弟，只有一个年幼的妹妹，读完高中后却放弃了高考。回到家中不久，就招了一个上门女婿，继续陪伴在小河的身边。

　　我则背着同辈们羡慕的目光，背着叔伯辈们殷切的叮嘱，走出了小河淌过的村庄，走进了一座刚刚建立不久，教室和寝室在同一幢大楼的学校。钢筋水泥的房子，我住不习惯；汽车的喇叭声、单车的铃声，我嫌太吵；工厂里大烟筒里冒出来的黑烟呛人，不像家乡的炊烟里含了饭香、菜香；自来水龙头流出来的水，有一股漂白粉味，不像家乡小河里的水，什么时候捧起来都能喝。后来，同学中兴起唱台湾校园歌曲。我却喜欢朱逢博的《故乡的小河》："我思恋故乡的小河，还有河边吱吱歌唱的水磨……"

　　等父亲去世后，母亲便离开了老家。毕业分配时，我理所当然地留在了市里，没回县里去。接着，我在城里找了一个丈夫，一年后便生了一个女儿。家乡似乎离我越来越远了，家乡的小河也在我的梦里消失了。

　　真的是这样吗？不久后，阿珍来信说："姐，我家在镇里建了房子，过了中秋，就搬到镇上去住了。"我感到十分诧异："在村子里住得好好的，干吗要到镇上去建房子？""什么好好的哟，姐是几年没回家了。门口的那条河里都没什么水了，一年四季都听不到什么水流声。村子里的人都纷纷到别的地方建房子了，村里没搬的只有几户了。姐以后回来，就直接在镇上下车。如果想去村里看看，我再租个车陪你去。"

　　我自然是不肯相信阿珍所说，心想：河里的水怎么会没有了呢？前水流走了，后水不是从岩池山麓"咕咕"地冒出来吗？小时候，河里涨大水，把河边生产队里的田、私人的菜地都冲走了……

　　碰巧，阿珍的丈夫阿东要帮人到市里来拖点东西。阿东买了辆小货车，偶尔帮人拉拉货，顺便就把我也捎回了老家。

阿珍怕我看了会伤心，极力地阻拦过我。她哪里拦得住我，只好让阿东开着小货车把我送到了村子里。

　　这还是那个我童年、少年日日看见的村子吗？上屋场整个儿不见了，一溜烟平平整整的荒地；老屋场也一样，屋顶没了，墙倒了半边，原来的房子竟成了菜土，南瓜藤爬得到处都是，只有我们的新屋里还有几户人家住。阿珍用手遥指，说那栋房子是谁家的，那栋房子又是谁家的。阿珍说完后，又补了一句："图的是山脚下那一口泉水。"

　　再看门口的那条河。天哪，那还是河吗？真如阿珍所说，河里基本上没水了。整条河床上只有零星的一些小水洼里有水。裸露着的河床，干得咧着嘴的老泥，被雨水从山里冲下来的没了家的泥沙，孤零零的大麻石、寂寞的曾经的"搓衣板"……

　　我抬起头往上坑村的方向看。咦？那片曾经郁郁葱葱的禁山呢？那片把上坑村和我们下坑村隔开的禁山怎么不见了？那些刺向天的老树、那些要几个人合抱才抱得过来的古树、那些和手臂一样粗的藤，是谁砍的？怎么就不怕禁山里的那些神灵发怪呢？禁山尚且如此，岩池山麓的那些树，更可想而知了……

　　有句俗话说："大河里涨水，小河里满。"反过来，小河里没水了，那大河里呢？

　　穿过市里的湘江，水面好像比早十年缩了三分之一还不止。

老屋黄昏一梦如影

姐夫阿东去世后,我在阿姐家待了一个星期。

我又回了老屋一趟,去看了原来住在一起的几户人家。

我是在阿姐家吃过中饭后动身的,农村吃饭晚,我到达老屋的时候已经是黄昏了。

老屋完全不是原来的样子了。一半被小叔拆了,重盖了一栋两层楼的红砖房。房子虽只盖了不到两年的时间,却看不出新房子的新气象。小叔伛偻着背,看上去就像一个把黄昏背在背上走的老人了。小婶才近花甲,看起来就像是古稀之人。还有堂弟阿石,他是一个智障儿,虽然已经年过三十,却总是口水涎涎。唯有屋子里的彩电、冰箱、自来水,预示着如同早晨一般的希望。这希望是另一个堂弟阿文。阿文在深圳打工,是一个孝顺懂事又肯拼搏的年轻人。盖房子、置家电、装自来水,全是用阿文寄回来的钱。说起阿文,小叔和小婶都是一脸的骄傲和自豪。

另一半,则和笼罩在灰暗的瓦片上、映射在斑驳的老墙上的黄昏一样,一步步走向衰退和死亡。并不是老屋的年龄有多老,而是原本住在老屋的人选择了弃老屋而去,搬的搬了,走的走了。盖了新房搬家,是喜气洋洋的事。那走的呢?月娥叔婆家的灶凉了;祥发叔公家的房子塌了半边;属于我家那一份,如果没有被小叔拆了，和他家那一份并在一起盖了新屋，怕也是早已经荒凉了吧。

和老屋一起老去的，还有门口的石灰坪。纵横交错的裂缝，是风吹出来的、雨淋出来的，还是日晒出来的？我踩着自己的影子，挨着黄昏，在黄昏里沉思默想。

秋夜，屋场里谁家办红喜事，就会包一场电影，请村里人看电影。放影机在斗门这一头，银幕挂在祥发叔公家的墙上。坪里坐不下那么多人，我家楼下楼上的房子里，小小的窗户后面，全是一个挨一个的脑袋。

夏夜也不差。屋子里热，人们便搬出凉床、凉席子，摆在坪里乘凉。村子里的老娘们一边张家长、李家短地闲嗑牙，一边针线不离手或补衣服或纳袜底鞋底；老爷们儿你一杆长烟袋我一杆长烟袋比谁的烟丝好，比谁吐出的烟圈儿大；最让人感到有趣的是，那些七八岁的无忧孩童，牵羊儿卖米儿、八都老虎在哪儿，玩得是不亦乐乎……

谁在喊我？"媛崽，快来呀！伯妈家里焖了糯米饭，有你一碗哟！慢了，你阿姐要从你碗里挖一筷子了。"哦哦，是春英伯妈在叫我。可惜她已经去了。春英伯妈真是古怪，她自己有四个女儿，还不嫌多，硬是跟我阿妈说，要我当她的满妹子。说出来的话，更是笑死人。"媛崽，你怎么不认得路呢？明明是我的崽嘛，怎么跑到你阿妈的肚子里去了？"

咦？是月娥叔婆来了。月娥叔婆是个苦命人，二十多岁就守了寡，独自一人拉扯一双儿女。童年的记忆中，叔婆总是耷拉着一张脸，很少有机会可以听到她开怀大笑。她脾气硬，心却不硬，谁家有难事求到她头上，只要她做得到，没有不帮的。有一年，我吃菌子中了毒，若不是叔婆收有菌子王，解了菌子的毒，我连长大的机会都没了，此刻更不能坐在黄昏的坪里缅怀童年往事了。

祥发叔公是个孤老，无儿无女。倘若那时不是有生产队，倘若不是一个队的人都是本家子侄，叔公的身后事都作难。因为有生产队，因为都是本家子侄，叔公的身后事办得热热闹闹、风风光光……

"阿媛，天都快黑了，你还坐在坪里干什么？还不快进屋来。"是小叔叫我了。哦，我的小叔。童年，大雪，小叔背着我去河边的草窠里捡冻僵的麻雀。趴在小叔暖暖的背上，却跟小叔说："小叔，你轻点儿踩，雪痛呢。"现在不是冬天，没有雪，小叔老了，我也不年轻，可那份温馨亲情还在。

正如老屋一样，虽然在黄昏的映照里有一种苍凉和寂寞。但搬出了老屋，在镇上盖了新房子的两户人家却是越来越兴旺。正如黄昏，只是今天的太阳落山了，明天一早，一个火红的太阳就会从东山后面爬上来。

阿姐喊我摘茶籽

　　阿姐喊我去她家帮她摘油茶籽。老妹，你有空来帮我摘茶籽吗？

　　我不能直接地回答说我没有，那样的话，阿姐会说我看不起她、不关心她，她该伤心了。可是，我也没法很干脆地说我有，毕竟二十多年没上过山、没爬过树了，还有摘茶籽时必定要与之亲密接触的油茶树上的粉尘、钩人衣服刺人皮肉的蒺藜，想着心里就有些发怵。我很小心地问："阿姐，你家茶山有多大？有很多茶籽吗？我来回车费就要二百块钱呢，如果茶籽不多，就不划算了。"

　　阿姐说："我家有三块山，我怕我一个人摘不赢，会被别人摘去。你来，来回的车费我出。"

　　阿姐把话说到这份儿上，我就是一百个不想去也得去了。

　　一顶半新不旧的小圆草帽、一只方口的竹篓、一根带钩的竹棍子、一把半月形的镰刀，是阿姐为我准备的全部装备。再加上身上穿着好几年前的旧衣裤、一双散步时穿的平跟鞋，我俨然就是一个地道的上山摘茶籽的农妇了。

　　我们吃过早饭后就出了门，路上遇到了一拨又一拨上山摘茶籽的人。他们很是热情地打招呼：某某婶婶，你妹妹来帮你摘茶籽啊。满姨，你来帮你阿姐摘茶籽啊，真是难得嘞。

　　姐姐家的茶山并不大，阿姐昨天摘了一天，就摘完了两小块山上的茶籽，剩下的这块山大是大些，但油茶树并不多，是以杉树松树为主的杂山，还不知道够不够阿姐和我摘一天。没想到，老实憨厚的阿姐会说谎骗我。

　　我很惊讶，甚至有点儿生气：阿姐，你这是干什么呀，你家就这点子茶山、这点子茶籽，你自己不到三天就摘完了，完全没必要喊我来嘛。

　　阿姐一个劲儿地笑，笑得有点儿得意。呵呵，我不这么说，你就不会来了。我一个六十多岁的老婆子，一年四季独自待在家，你就当来陪陪我这个老姐姐，不可以吗？

　　一不留神，一根白茅草划过我的手背，划出了一条寸把长的血口子，痛得我不自觉地抽了一口气。同时抽紧的还有我的心，我看到了这笑容后面藏着的一个老年人的寂寞。我拿出镰刀，把白茅草割倒了。割倒了的白茅草，就不会再划伤走在我后面的姐姐了。

　　阿姐，你自找的。永儿他们不是都说了，要接你出去跟他们一起住吗，你自己不肯去，怪得了谁？

　　阿姐用竹钩钩下一枝结满茶籽的树枝，很麻利地摘下一颗又一颗或大或小或青或红的茶籽，反手丢进背后的竹篓里。我走了，家里怎么办？一栋这么大的房子，白白地空着；家具、电器，没人用会坏；田和土就荒了，太可惜了。再说，我在城里也住不习惯。

　　我看到一根挂满了茶籽的茶树枝，踮起脚尖，试着用竹钩钩了几次都钩不下来，树枝太硬了，得爬到树上去才行。还好，小时候练就的爬树的本事还在。两脚分别踩在两个树杈上，竹篓移到胸前，右手的竹钩把树枝钩下来，然后左手扯住，再松了竹钩，腾出右手来摘。

竹篓里的茶籽越来越多，我手上被白茅草蒺藜弄伤的地方也越来越多。我把竹篓里的茶籽倒进蛇皮袋子的时候，姐姐看到了我手背上的一条条血痕，很是心疼，说："老妹，我们不摘了，这里的茶籽我不要了。你回去，妹夫看到你手上这么多血印子，一定会怪死我的。"

我不肯下山，说："没关系的，划得不深，过两天就好了。"还吓唬她说，不要我摘茶籽，马上就回株洲去。

阿姐笑着摇头，说我还是和小时候一样好强。

阿姐肯定是想起我七岁那年跟着她摘茶籽从树上摔下来的那件事了。从我记事起，阿姐就是个慢郎中，说话走路做事，都比别人慢半拍。因为这个，阿爸阿妈暗地里不知道摇了多少次头，叹过多少次气，村子里和阿姐年龄相差不多的堂姑姑、堂姐姐们，打心里瞧不起阿姐，他们玩、打猪草、砍柴，从不会叫阿姐一起。我正好相反，从四五岁起，就显出一副伶牙俐齿的伶俐相，越往大越强势，以至于在我们家形成了一个很有意思的现象，不是大十四岁的姐姐护着妹妹，而是小十四岁的妹妹护着姐姐。

就说那次摘茶籽吧，七岁的我还不能独自挣工分，我就想办法帮阿姐多摘，使姐姐摘的茶籽比那些堂姑姑堂姐姐都多。阿姐站在树下用竹钩钩不到的，我就爬到树上去，双脚踩在那挂满茶籽的茶树枝上，双手抓着更上面的树枝，用自己的体重把树枝往下压，使得阿姐能够用竹钩钩得到。不知道是我脚没踩稳，还是手没抓牢，只听见我"啊"的一声，便从树上摔了下去。阿姐吓得脸都绿了，一个劲地问："老妹，你哪里痛？老妹，你哪里痛？"我的手被树枝划破了皮，脚也被擦破了皮，屁股也很痛，我咧着嘴要哭，可看到姐姐脸上那焦急的样子，我硬是忍着没让眼泪滚出来，没事人一样地拍拍裤子上的泥巴，跟阿姐说一点儿都不痛……

上到半山腰，听到上面有人说话，阿姐以为是有人在她家的山上摘茶籽，扬着头，对着上面很大声地喊："捡茶籽的，下面还没摘呢。"上面传出声音："某某婶婶，我在路面上我家茶山里摘呢。听你在说话，你在和谁说话啊？"阿姐就用更响亮的声音回人家："是我老妹，我老妹来帮我摘茶籽。"

我们往山上走，太阳也跟着我们走，太阳走到我们头顶上的时候，我和阿姐的竹篓还有两个蛇皮袋子就被一颗颗茶籽挤满了。将竹钩变作扁担，一头挂着竹篓，一头吊着蛇皮袋，很有满足感，很有成就感地担着，走在如羊肠一般的山路上。

老话说：好汉难提四两。这挑东西也是一样，刚上肩时觉得不重，越走就越觉得竹钩压得肩膀难受，赶紧换肩，可没走多远，那难受劲又上来了，还觉得竹钩两头的茶籽越来越重。阿姐见我脚步越来越慢，就说歇歇肩再走。

在我和阿姐歇肩的时候，有几拨摘茶籽的人从后面追上了我们，他们摘的茶籽比阿姐和我多得多，担茶籽的扁担都被压弯了。我满心羡慕，姐姐却一脸平和，还很是自豪地对他们说："我老妹虽然二十多年没上过山摘过茶籽了，还是一样灵活。"我想笑：阿姐这是干吗呢，好像我来帮她摘茶籽，给她长了多少脸似的，遇着谁就跟谁说。

我觉得歇够了，可以走了。阿姐却要我把我的竹钩茶籽都给她，她一个人来挑，要我空着手走。我当然不肯，腰一弯、头一偏，挑起茶籽就往前走。

"老妹，二十多年了，你的性子一点儿都没变，还是那么好强。"山风很殷勤地把阿姐的话传进我的耳朵里，它们又调皮地穿过我的耳朵，去追赶前面的村民。

呵呵，没变的，又岂止我的性格。不然，也就不会阿姐一个电话要我来帮她摘茶籽，我就真的来了。

山村夜话

在山村,自然之光把白天和晚上截然分开。

天一亮,房子、人、牲畜、石板路、田、土、山,田里的庄稼、土里的蔬菜、山上的野草树木,都很清晰地呈现在大地之上。一入夜,天和地便是一团墨黑,不管是屋场还是屋场以外的田野山川,全都被无边的黑暗包围并吞蚀了。当然,有月亮和星星的晚上例外。

我到阿姐家的这几天,晚上没有月亮,也没有星星,每天都是跟着阿姐早早地起床,早早地睡觉。第四个晚上,看完天气预报,我陪阿姐出去方便。姐姐走在前面,我拿着手电筒走在后面,可不管我的手电筒晃动得多快,我和姐姐总有一只脚是踩在黑暗里的,手电筒的光不过是投在一摊墨水里的光斑而已。重新回到电视机房,姐姐问我:"老妹,你住得习惯吗?"我脱口而出:"不习惯,住三五天还可以,再长,肯定不行。"并不是我在城市里待久了,被城里的高楼大厦奔驰宝马苹果方正护肤品化妆品洗了脑,忘了自己本来的出处、忘了自己的根,而是现在的山村,完全不是我小时候所熟悉的样子了。

我接着问姐姐:"阿姐,你还记得你小时候,我们村子是什么样子吗?"

姐姐开玩笑地说："老妹，你还没老哇，怎么就学我的样，喜欢想过去的事了？"笑过之后，姐姐还是娓娓地跟我说起了她小时候，我们的村子是什么样子。

我们的村子是一个老祖宗发起来的，说大不大，说小也不小，三个生产队五六十户人家，全都集中住在祖宗们建的五栋房子里，老屋中屋上屋新屋对门屋，屋屋相连，户户相通，你家的鸡跑到我家来找吃的，我家的猪掀翻了你家的猪潲盆，一到做饭的时间，几十条烟囱同时冒烟，米饭的香、油盐的香，香了整个村子。到了晚上，若是有谁家的狗先叫了，全村子的狗都会跟着叫，那阵势，不管是黄鼠狼还是趁夜摸进村子来偷东西的贼牯子，通通都会吓跑的。

我感到十分吃惊，原本木讷的人，也有能说会道的时候啊。

阿姐仍旧沉浸在回忆之中。那时候，我最想的就是和我年龄差不多的堂姑姑们、堂姐妹们去打猪草砍柴的时候，叫我和她们一起去。我是个慢郎中，说话慢、走路慢、做事慢，她们不愿意等我，干脆做什么都不喊我，我只能眼巴巴地看着她们一帮子人，今天一起去山里砍柴，明天去田里扯猪草。

我记得，我还喜欢倚小卖小，不准那些堂姑姑、堂姐姐孤立我阿姐，甚至反过来要她们听我阿姐的，我阿姐说去哪儿就去哪儿，说玩什么就玩什么。那些堂姑姑、堂姐姐，慢慢也就接受了阿姐的憨厚老实，出嫁的时候都很是舍不得，你拉着我的手哭，我陪着你掉眼泪。

老妹，你还记不记得老屋和中屋门口的大禾坪？小时候，天暖的时候，有月光的晚上，你最喜欢和你的那帮小姐妹在禾坪里玩老虎吃猪、老鹰捉小鸡的游戏。阿妈不准你去，又不明说，故意拿些事要你做。你的那些小姐妹就帮你做，做完事后再一起去玩。

你还记得生产队分洋芋分番薯的时候吗？那更是热闹非凡，

大人们说说笑笑，孩子们打打闹闹，简直能把晚上变成白天。还有放电影的时候，幕布挂在老屋公共厅屋外面的墙上，放电影的机子摆在禾坪的正中央，全村子的男男女女、老老少少，各自从家里背板凳和靠背椅出来，来得早的占前面，来晚了的就尽量想办法往前靠。银幕里是一场戏，银幕下又是一场戏。

现在呢？一样是摘茶籽的时节，上山的人少不说，还都是我这样的六十多岁、五六十岁的老婆子和老头子，树高的摘不到，高山上的都没人去，最多的人家也就摘过十来担，少的人家只有三五箩，一个村子的茶籽全部拢到一起，也榨不了二百斤油。哪像原来在生产队里的时候，一到寒露，别的农活全都放下了，只有一件事不能放下，那就是摘茶籽。生产队长的哨子一吹，除了生病躺床上的、七老八十的老叔公老叔婆、十岁以下的细伢子，全都背着竹篓、拿着竹钩从家里出来，到禾坪里集合。随后，生产队长就会安排摘哪块山上的茶籽，几十个人便一窝蜂地往那块山上走。一片山头，一下子来了几十个人，就像一桌子人围抢一碗菜一样，不到半天工夫，山上所有的茶树除了茶树叶，再也看不到几颗茶籽了。一天摘下的茶籽，就能铺满半个禾坪，一年能打几百上千斤茶油。

是嘞，我来四天了，前前后后见到的人加起来也没超过十个，除了摘茶籽的几个稍微年轻一点儿外，其他的不是七八十岁的老人就是几岁的孩子。让我感到诧异的是，一个村子，十几户人家，居然没一个年轻人。

年轻人都出去打工了，嫌在家里种田种土没出息，到外面打工赚钱多，宁愿用打工挣的钱寄回来给家里的老人孩子买煤、买米、买菜。

就眼前来讲，打工挣的钱虽然多，可是家里的田地呢。那一垅垅的山田山土荒了，就连门前屋后的好田肥土，都左一丘右一块荒了，野草密得进不去人，也透不进风。时间长了，老的老了，小的大了又出去打工，到时还不是一个村子一个村子荒啊。

老妹，你操这些心做什么。你把你自己的家搞好，有时间的话，你就来看看我陪陪我。田荒土荒，乡里的干部都管不了。

嘿嘿，阿姐说得对，我是老萝卜操空心。荒田也好，荒土也罢，关我什么事呢。阿姐你想我来要我来，我就多来几回。要是你以后不在了，这个村子就和我一点儿关系都没有了。

就是嘛，看电视看得好好的，扯这些做什么。

我不能专心看电视了，房子外面无边的黑和无边的静就像有一种无形的压力，压得我心里发慌，压得我心里生痛。

燕子和她的两个阿妈

一

月娥和她的老弟嫂夏桂，一直面和心不和。她们二人是前后脚进门的，月娥年头，夏桂年尾。

月娥长得好看，嘴巴会说话，做事也利索，在夏桂没进门之前，很得公爹、家娘的疼爱，尤其是家娘，当月娥是自己的女儿哩。

夏桂平头平脸，逢墟的时候，在墟场里转一圈，能找出十个八个。她的嘴巴也不爱喊人，像是被针缝了一半似的，做事又十分缓慢。

在她们结婚的第二年，月娥好比是小姐，夏桂好比是丫鬟。公爹和家娘自然疼月娥多，疼夏桂少。夏桂嘴上不讲，但是在做事的时候就会重手重脚，拿东西出气。

第三年开春后，就不是这个样子了。夏桂喊喊叫叫地害喜了。杨梅花刚落，她就喊着要吃杨梅；辣椒还在楼板下那个竹篮里用纸包着，她就喊着要吃辣椒。两个老人没有怨怪，家娘还把省吃俭用抠出来的几个油盐钱，从南货店里买来果丹皮、山楂片，厚着脸到淹了坛子菜的人家去讨酸菜、浸辣椒。搞双抢的时候，夏桂把肚子挺得跟一口倒扣的大铁锅似的，家里人都以为她怀了双胞胎。到挖红薯的时候，夏桂的果子也熟了，生下一个九斤多重的大胖崽。

月娥的肚子却像是总也打不起气来的皮球，瘪了一年又一年。土郎中的单方、偏方，吃了一个又一个，没用；拜了送子观音，把送子观音请回家，早也烧香、晚也烧香，还是没用。月娥原本和屋门口那条小河的水一样明亮的眼睛，暗了；和郭兰英唱歌一样好听的声音，被夏桂吃剩的好饭好菜堵在了嗓子眼里；公爹、家娘的疼爱，像河边人家洗菜选出来的烂叶子一样，被河水冲走了。

夏桂却存心要羞要臊月娥似的，老大还没满一岁，她的肚子又跟充气的气球似的鼓了起来。按说，生过一胎，生第二胎的时候，就没有那么难了，夏桂却叫得要掀了她们家的屋顶似的，叫得整个村子里的人都晓得她又在生崽了。

月娥把所有的眼泪都吞进肚子里，脸上堆着和茶花一样白的笑，包了家里挑水、做饭、洗衣服等所有的家务事，让夏桂坐了一个无比享受的月子，连孩子的尿布都要默默地拿到门口的河里去洗。

即便如此，公爹和家娘却还嫌月娥做得不够。在夏桂生下第三个孩子后，因为生的是个女孩儿，所以取名叫燕子，便非要把燕子过继到月娥和春生的名下。

月娥心里是不情愿的，按她自己的意思，要过继就过继她娘家哥哥的孩子。月娥的嫂子也是个会生养的女人，结婚五年，生了三个孩子。如果不是她嫂子自己坚持要做结扎，还不知道要生出几个孩子来。两个人做事，五个人吃饭，家里都快揭不开锅了。月娥心想：过继自己哥哥的孩子，一来和自己亲近些，还可以减轻哥哥嫂子的负担。

不情愿归不情愿，当几个月大、刚刚断奶的燕子在月娥的怀里，月娥的心又像棉花一样软了。从没有怀过崽生过崽的月娥，对燕子生出了一种做阿妈的感觉。

燕子在月娥的怀里一天天长大了，会喊阿妈了，会走路了。燕子喊阿妈的声音，像刚出窝的小麻雀的叫声一样细嫩，在灶屋里、厅屋里、过道、月娥睡的房子里，转来转去。月娥是个爱干净的人，自然带燕子也就带得干净，谁见了都觉得是个小稀罕。

此时的夏桂心里很不是滋味，总是直勾勾地看着小燕子在月娥的怀里得宠，亲月娥的脸，月娥一脸的笑，听小燕子脆生生地叫月娥阿妈，月娥喜滋滋地答应，甜过心似的喊崽啊崽啊。夏桂几次对秋生吹枕头风，要秋生去跟公爹家娘讲，把燕子要回去。秋生没去说，他的意思是迟早是要分家的，分了家，春生和月娥都是能干人，小日子一定错不了，燕子跟着他们过，当然比跟着自己俩公婆强。何况嘴巴长在自己身上，等燕子长大了，懂事了，可以告诉燕子，谁才是她的亲生爹娘。

不久后，两个老人先后去世，分家是理所当然的事。秋生和夏桂以他们有两个孩子要养，不仅多分了两间房子，就连家里的其他东西也都是他们先挑，春生和月娥只能拿他们挑剩的。看在燕子的分儿上，春生和月娥能让的让了，不能让的也让了。

等燕子六岁多时，已经懂得一些人事了。阿公阿婆在世的时候，她就觉得阿公阿婆偏心，对夏桂婶婶比对她阿妈好。分家的时候，叔叔、婶婶还是一再欺负她们家，她的心里很是不高兴。她一不高兴，就会表现在脸上，见了秋生、夏桂两个人，扭头就走，秋生、夏桂喊她，她也不肯应。

夏桂哪里受得了，原本嘴巴子有点儿笨的她，扯起嗓门，指桑骂槐。在公社中学当民办老师、教语文的秋生，也时不时丢出两句别人听不懂的话："枣花虽小能结子，牡丹花大空挂枝。"

月娥听到他们二人的辱骂，依然不接腔。燕子似懂非懂，问月娥："阿妈，婶婶骂谁呢？"月娥有口难言。她能跟小燕子说，夏桂骂的就是她，她不是小燕子的亲阿妈，夏桂才是吗？很显然，她不能。小燕子毕竟只是一个六七岁的孩子，一个六七岁的孩子能分出多少好坏呢？月娥想等燕子再大一点儿的时候，就把事情的前因后果都告诉她。终归，纸是包不住火的。

夏桂见月娥骂不还嘴，燕子又还是不肯和她亲，更是恼羞成怒。她摘月娥菜园子里的菜，就跟摘她自己菜园子里的菜一样；她抽月娥柴垛上的柴，就跟抽她自己柴垛里的柴一样。最后发展到，六月天的一个傍晚，夏桂竟然手拿一把锄头，偷偷摸摸进了月娥家的灶屋。

月娥对夏桂和她手上的锄头，一点儿感觉都没有，正弯腰从她家的鸡窝里去摸鸡蛋。那天正好是燕子的七岁生日，月娥准备晚上给燕子蒸红枣鸡蛋吃。担了一担水正往家里走的春生，看到夏桂拿把锄头鬼鬼祟祟进了他家，嘴里喊了一句"不好"，随后把肩上的扁担一扔，打着飞脚，在夏桂对着月娥的后脑壳举起锄头的时候赶到了，劈手抢下了夏桂手上的锄头，然后抓住夏桂的一只手往外拖。

月娥手上抓着两个新鲜的鸡蛋，吓蠢了似的站在鸡窝前面一动不动。夏桂骂骂咧咧地走了，回她自己家里做晚饭去了。

春生的脸阴沉着，晚饭没吃几口，叹出的气比月娥捆柴的棕绳还粗，眼睛老是在月娥和燕子两个人的身上转过来转过去。到要睡觉了，才艰难地吐出八个字："把燕子还给他们吧。"

月娥是一千个舍不得，一万个舍不得。从燕子五个多月就带起，六年多的时间里，别说是一个会喊会叫的孩子，就是一块不能说话的石头，在怀里焐了六七年，也舍不得给别人啊。

春生劝月娥："好歹留住自己的一条命吧。今天是你命大，我要晚回来一脚，你不被夏桂一锄头挖死，也会落个残疾。鬼晓得夏桂哪天又会发癫，我总不能时时刻刻都盯着她，一步不离地跟着你啊。"

可怎么跟燕子说啊，刚刚满七岁的孩子，如何接受得了原来叔叔婶婶才是自己的亲爹娘，叫了六年多的阿爸阿妈，原来是大伯和大娘。还有一个更重要的问题，燕子回到秋生和夏桂身边后，能不能够像亲近他们一样亲近秋生和夏桂呢？秋生和夏桂是不是又能够像疼两个儿子一样疼燕子呢？

到底该怎么跟燕子说呢？春生和月娥一时间犯了难，谁也不知道该怎么办，只有在他家窗外站了一个晚上的月亮知道。后来，燕子是哭着回秋生夏桂身边去的，而月娥是眼睁睁看着燕子回到秋生和夏桂身边去的。

两年后，春生因一场意外事故去世了。月娥办完春生的丧事后，收拾了几身换洗的衣服，就只身进城里当保姆去了。

二

人啊，真是古怪。

燕子在月娥身边时，夏桂日里夜里想的都是自己身上掉下来的一块肉，贴到别人身上去了，心里就不舒服，撕破面皮也要把燕子要回去。当燕子回到自己身边时，日子一长，她骨子里那种重男轻女的思想又表现了出来。做了什么好吃的，她总是先给两个儿子，然后才给燕子；出去玩或走亲戚，带一个或两个的，留在家里的总是燕子。

不仅如此，燕子的两个哥哥也不习惯燕子回去。比如夏桂买了半斤或一斤副食品，原来是两兄弟分，现在要三个人分；比如读书，因为学校离家里有五六里路远，每天去上学，夏桂都会叮嘱两个儿子，放学后等妹妹一起回家；比如玩，夏桂也吩咐两个儿子，别只顾你们自己野，要看着点儿妹妹。

燕子就更不习惯了，在月娥身边时，家里有什么好吃的，都是先让她吃，她吃够了、不想吃了，月娥和春生才会动嘴。每次月娥走亲戚，理所当然地都会带着燕子。月娥爱干净、讲究，家里收拾得齐齐整整、干干净净，人走出去是清清爽爽、精精致致；夏桂则粗手粗脚、随随便便，家里乱七八糟不说，衣服也总是一边长一边短、上搭下扣错扣子，身上还有股异味，不晓得是头发上的油漫子味儿，还是身上的汗臭味儿。最最主要的是，燕子还不能接受夏桂是她亲妈的事实，放学回家后，时常往月娥家那边去，见了月娥，也不改口，还叫阿妈。

夏桂最听不得燕子喊月娥阿妈，听到一次就骂一次，月娥见燕子挨骂、挨打，心里很是难过，就像有人拿刀挖她的心一样。燕子在她身边时，她连大声骂都舍不得，别说追着打了。月娥会在燕子口袋里装一些她爱吃的零食，看到燕子一个人的时候，她还会叫住燕子，把燕子紧紧地搂在怀里，告诉燕子："燕崽，你以后别再叫我阿妈了，夏桂才是你的亲生阿妈。你以后见了我，就把头扭过去，要装作没看见我。"

如果春生没发生意外，也许两家的关系会有转变，毕竟春生和秋生是一母所生的亲兄弟，毕竟春生和月娥带了燕子六七年。或许等燕子懂事后，她会有办法化解两个妈妈之间的矛盾和意见。

然而，春生的意外是秋生直接造成的。起因是春生家山上的十几棵杉树，看着那几棵直溜溜、大斗碗粗的杉树，真是爱死人。月娥劝春生把杉树砍了卖了，怕眼皮子浅的人眼红。没想到眼红的人是秋生。秋生便趁春生和月娥去娘家走亲戚的时候，一个人拿着一把斧头上山。村子里有人和春生关系好，看不得秋生的这种做法，就专门跑去月娥的娘家报信。

春生和月娥闻讯后，就和报信人一起往他们的村子里赶，等春生和月娥赶到山上时，秋生已经砍倒了六七棵杉树了。春生见秋生手拿斧头砍向被他视如宝贝的杉树，火从心头起、怒向胆边生，以迅雷不及掩耳之势扑向秋生。一母所生的两兄弟，为了几棵杉树打在了一起。雨后的山坡打滑，扭打中，也不知道是谁的脚打滑了，两兄弟车轱辘似的滚下山去。春生的头碰在一颗凸出的大石头上，当场头破血流而死。秋生被一棵杉树拦腰挡住，断了两根肋骨。

月娥为此万念俱灰，一天到晚，田里土里的活不理、饭也不做，就对着春生的遗像流眼泪。娘家哥哥不忍心月娥这样糟蹋自己，托人在城里给月娥找了一户人家做保姆。月娥起先还不愿意，她哥哥嫂嫂左劝右劝，才劝动她。

秋生在床上躺了几个月，草药敷了几箩筐，身体才恢复好了。但民办教师的工作没了，是被学校开除的。好好的一个教书先生，就因为自己一时的贪念，落得如此下场，真是可悲又可叹。

夏桂的牢骚，像杉树的树叶一样多。原来秋生有工资，夏桂可以花钱请人做那些粗重活，比如犁田、耙田、割稻子、踩打谷机等。现在钱没了，秋生做事又抵不得一个女人家，夏桂反成了家里的顶梁柱。真是人有恶念，天必罚之。

燕子对秋生心生怨恨，恨他害死了曾经的阿爸春生。本来都已经改口喊秋生阿爸了，这一场意外把燕子幼小的心灵伤透了。燕子变得叛逆起来，她不再听秋生的话，秋生要她向东，她就偏向西。她想月娥时，就跑到月娥的娘家，要月娥的哥哥嫂子告诉她，月娥在哪里。月娥的哥哥嫂子不敢告诉燕子，月娥在哪里。一个十一二岁的小姑娘，万一路上出了事怎么办？他们也不想燕子和月娥再有什么瓜葛，怕月娥见到燕子，又会勾起月娥心里的伤痛。可怜的小燕子，人在亲生妈的身边，心却想着带了自己六七年的伯妈。想离开亲生妈，想到伯妈的身边去。

夏桂觉察到了燕子的心思，她想拢住燕子的心，她想对燕子好。但家里遭逢的变故，已经使她心力交瘁了。她要应付三个孩子读书，应付五张嘴吃饭。夏桂蹲在灶门口烧火时都会忍不住想：当初，自己为什么非要把燕子要回来呢？燕子在大哥大嫂身边，家里经济不那么难，秋生就不会想着去偷树。秋生不去偷树，就什么事都没有。一念之差，害得大哥命归黄泉，好好的一个家散了，自己的这个家也千难万难。端起饭碗后，夏桂又想：不知道大嫂现在在城里过得怎么样，也不知道大嫂还愿意不愿意要燕子。后来，她还特意跑去找月娥的哥哥嫂子，向他们打听月娥的消息。月娥的哥哥嫂子以为夏桂要找月娥麻烦，始终不肯告诉月娥做事的那户人家的电话号码。

燕子也怨恨夏桂。为什么非要把我要回来？你有两个哥哥，伯妈有我，本来是多好的事啊。我已经回到你们身边了，大伯大妈养了我六七年，你们又没有吃亏，阿爸为什么还要去偷大伯家的杉树呢？是你们害死了大伯，是你们逼走了伯妈。我恨死你们了。

夏桂想蹲下身子和燕子说话，问燕子是不是想回到她伯妈身边去，又抹不开一个做阿妈的面子，眼巴巴地瞧着燕子不开心而左右为难。

燕子则计划着偷偷出走。

三

燕子计划离家出走，她用了两年的时间做准备。

燕子考虑得很周到，等自己读完初中，升高中的时候，再去找月娥。一来，城里的教学质量比乡里好，读个好高中，就有可能考上好大学；二来，过一年、长一岁，等自己十四五岁的时候，可以利用周末、寒暑假打点零工，至少给自己挣点儿学费。

燕子记得，月娥嫂子的娘家哥哥是某所大学的老师，只要找到月娥嫂子的娘家哥哥，就一定能找到月娥。

两年时间，说长不长，说短不短。说长，是因为燕子从一个小女孩变成了一个大姑娘；燕子的大哥高中毕业没考上大学，不愿意在家里种田，就南下广州打工去了；秋生，不知道是受不了丢了民办教师工作的打击，还是人懒躲避劳动，一到农忙时节或者双抢季节，他就发病，整个人看起来晕晕乎乎，晚上就在村子里四处游荡，白天走到哪里睡到哪里。有人说，秋生的爷爷、太爷爷都得过精神病，这可能是遗传。也有人说，秋生是吃不得苦、受不得累，装疯卖傻的。四十岁不到的夏桂在内疚、自责以及生活压力大的双重挤压下，看上去五十岁还不止。说短，是因为家里发生的种种不幸，并没有改变燕子离家出走，去找月娥的决心。

村子里那些爱嚼舌根的人说，燕子和夏桂、秋生八字相克，以后还不知道会出什么大事，死人也说不定。还有人说燕子和月娥相生，说夏桂应该尽早把燕子还给月娥，才能保佑一家大小平安、家宅兴旺。

燕子和夏桂不约而同地相信了这些鬼话。燕子更是以此作依据，坚定了去找月娥的心。夏桂则诚心诚意地认为：燕子只是借自己的肚子过一下，二人的母女缘分就是燕子在她肚子里的十个月时间，是自己硬要逆天行事，弄得两个好好的家，一个散了，一个也是七零八落。燕子夏桂母女各怀心事，却都没有胆量将这层纸捅破。

最后捅破这层窗户纸的是月娥。月娥做事的那户人家要照顾的主要对象是一个上了年纪的老太太，后来老太太过世了，不需要请保姆了。月娥暂时还没找到合适的主家，就想借这个机会回家看看，等她嫂子的哥哥帮她找妥了主家，她再去。

月娥回到家后，拿出钥匙开门。屋子里的霉味就像被闭久了，"嗖"的一下都往门口扑来。月娥摸了摸那些积满了灰尘的桌椅板凳，又看了看春生生前最喜欢躺着歇息的椅子。在那张单人小床前站了好一会儿，燕子不肯起早床赖床的情景就跟电影似的呈现在月娥的面前。两行酸酸的眼泪，挂在了月娥的脸颊上。

燕子更是心急，一得到月娥回来的消息，就像是真的燕子一样，飞进了她曾经的家，也就是月娥的家。她进门就哭着喊，并一头扎进月娥的怀里，大喊："阿妈、阿妈、阿妈。"一瞬间，燕子的眼泪就打湿了月娥胸前的一大片衣服。

月娥也是百感交集，她紧紧地搂住只比她矮小半个头的燕子，就像燕子还是小时候的那个燕子，她们根本没有分开过似的，"燕崽""燕崽"叫得满屋子的冷清在一眨眼间打着飞脚跑了。

夏桂跟燕子是前后脚进的月娥的家，她看着燕子和月娥抱在一起，心里就像吃了陈年的坛子泡菜一样酸。等燕子哭够了，月娥喊够了，她才觍着脸，喊了月娥一声嫂子。

月娥很是吃惊，吃惊得以为自己大白天见了鬼：这是夏桂吗？这是那个要跟自己争燕子，凶得像一只母老虎似的夏桂吗？造孽哟，两三年的时间，怎么就跟变了一个人似的，只见她瘦得都没什么人形了。"轰"的一声，月娥心里的那一面冰墙倒了。她赶紧喊夏桂坐，随后还拿出从城里带回来的副食品让夏桂吃。

燕子本以为夏桂是来拽她回家的，以为夏桂一定会骂她，甚至会打她。听到夏桂喊月娥嫂子，还以为自己的耳朵出了毛病，把眼睛瞪得溜圆，不信任地看着夏桂的一举一动。

月娥和夏桂这两个女人，为了她们疼爱的同一个人——燕子，拨开了多年的恩怨，心平气和地聊起了家常。最后的话题，最终还是锁定在了燕子身上。

夏桂开门见山，说只要月娥愿意接，她愿意把燕子还给月娥，只要燕子开心，只要燕子过得好，她再没有任何要求了。

月娥先是喜，随后是大喜。她很爱春生，没想过再嫁。就算再嫁，她还是生不出孩子。如果她给人家当保姆，也不能当一辈子，老了总要一个依靠。如果燕子能跟她回家，以后等燕子长大了也会结婚成家生孩子，她就可以帮燕子带孩子，燕子的孩子再生孩子，她就带重孙子。后半辈子，总算是有着落了。但是燕子会不会同意呢？毕竟夏桂才是她的亲生阿妈，我只是带了她几年的伯妈。何况这两年，我在城里别说照顾燕子，连面都见不上。

燕子看着她的两个阿妈用一种她从来没见过、从来没听过的方式聊天，真是又吃惊，又好奇。很显然，燕子已经看呆了，听傻了。难道太阳从西边出来了吗？夏桂阿妈不再和月娥阿妈吵架了，还主动提出来要把我还给月娥阿妈。月娥轻声细语地问燕子："燕崽啊，你还给我做崽，好不好？"燕子听完这句话后，才醒过神来，她连珠炮似的一口气说了三个"好"，生怕回答得慢一点儿，两个阿妈就会反悔似的。

月娥对燕子如此快速干脆的答应虽感欣慰，却也很吃惊。有一句老话说：世上最亲的莫过父子、母女，打断骨头还连着筋。难不成我和燕子有隔世的缘分，老天要安排我们这一世做一对没有血亲的母女？她做了一个动作，燕子和夏桂都看不到的动作，月娥默默地向天祷告："谢老天，赐我女儿。"

夏桂很清楚燕子的心思，她强忍着内心的酸楚，向月娥解释说："嫂子，燕子就是和你亲，不管我做什么，她的心还是向着你。你不知道，她这两年都想着要去城里找你，瞒着我去了哥哥家，问嫂子要你的地址。"

月娥不再担心燕子对自己的态度了，她又开始担忧燕子的将来。燕子跟回自己，如果自己不去城里当保姆了，留在村里，只怕燕子会跟她大哥一样，考不上大学。乡里那所高中的教学质量太差了，每年高考，不剃光头吃鸭蛋，就是孔夫子保佑了。如果自己去城里当保姆，只怕难找那样的主家，会让保姆带一个人在家里吃住。至于燕子读书的学校，月娥相信嫂子的娘家哥哥可以帮忙。他们是两头亲，月娥嫂子的娘家哥哥和春生是同年。两家在春生生前，一直是有来往的。

那位两头有亲的大学老师，果真愿意帮月娥的忙。燕子读书的学校，没费什么劲儿就联系好了。要请保姆，会让保姆带一个人在家里吃住的主家，则费了大学老师不少神。总算皇天不负有心人，他真的帮月娥找到了这样一个主家。这是一个死了堂客的鳏夫，一双儿女都大了，无法时刻陪伴在身边。由于身体的原因，所以想请一个人照顾饮食起居。

于是，月娥满心欢喜地先进城去了。

屋场里的那户人家

小时候,屋场里的那十几户人家,我最不喜欢去的就是狗子叔家了。

他家不收不捡、又乱又脏,在全村四十几户人家中,他家排第二,没人敢排第一。他家的屋子不多,只有四间:灶屋、厅屋、睡屋、杂屋。灶屋的东西不多,一个不动的灶、一口固定的大水缸、一个钉在墙上的碗柜,还有就是一担水桶、一只脸盆、灶门口的一张条凳和灶膛的柴火。家里总共没几样东西,也还是放得乱七八糟。没洗的碗筷,灶头的一只碗,灶尾的一双筷子;脸盆不放在水缸盖上,要么在地下,要么在灶台上;两只水桶,横放一只,竖放一只。最可怕的是有一面墙都往外斜了,用一个木架子撑着。

所谓厅屋,其实是过道,摆了一张吃饭的四方桌、四张条凳。如果去他家,能坐人的地方也就是这四张条凳。唯一的一间睡屋,里面摆了四张床,三张睡人,一张放衣服。不管夏天还是冬天,床上垫的都是草席子,席子下面是稻草。别人家床上垫的草是年年换新的,自有一股清香味,而他家的几年难得一换。再看一眼,只有狗子叔他们睡的那张床上挂了帐子。说是帐子,其实和没有差不多。好几个拳头大的洞眼,苍蝇、蚊子可以随意进出。抬头向上，你看不到楼板，七八根房梁之上，就是盖瓦。屋面看起来也是多年没有请瓦匠来检修一下了，一条一条的天光自瓦缝里漏下来。外面下大雨，屋子里就下小雨。一到下雨，脸盆、大菜碗全得用上，睡觉时一样是湿床湿枕。那张放衣服的床更糟糕，没洗的、洗了的，夏天的单褂子、冬天的大棉袄，全搁一块儿。汗馊气、霉味，在你开门的时候，就像鬼一样扑过来。杂屋里没什么好东西，只有几把锄头、铲子、镰刀，几只旧畚箕，两件旧蓑衣。杂屋很小，乌黑嘛叽的，小得安不下一扇窗子。白天进去找东西，如果不开灯，别想找得到。

　　他家有六口人，狗子叔两公婆、两个伢子、两个妹子。狗子叔壮得像头牛。狗子婶的蛮力也不小，挑了满满两桶水，上坡的时候还能打飞脚。大伢子能上山砍柴了，大妹子能下地打猪草了。老三老四有娘养，不要娘管，家猫家狗似的，饿了自己去锅子里盛饭吃，困了自己爬到床上睡。狗子叔在队里出工，出一天工可以赚十个工分。狗子婶出一天工，可以赚八个工分。按说，这样一户人家，有父有母、有儿有女，个个好手好脚，应该搞得好才是。然而，现实情况偏偏不是这个样子。

　　这都怪狗子叔脾气太暴躁了，他简直就是炮筒子，一点就着。三言两句不对，就开骂，就开打。打狗子婶时要么用拳头擂，要么用脚踢。打大伢子阿青，要么用巴掌扇，要么用小木条抽。

　　有一回，狗子婶被狗子叔一脚踢在腰上，在床上躺了七八天，依然下不了地。三天两头，不是狗子婶被打后又哭又骂，就是阿青被打得哇哇叫。唉，这么闹腾，别说兴家，看着都不像骨肉至亲的一家人。

　　狗子婶总是挨打，也是因为她嘴碎。她那个爱念哟，菩萨都要被她念烦的。早上淘米，米少，要掺很多红薯丝。她从米下锅时念起，一直念到吃早饭。晚上，在一盏十五瓦的电灯下，她给裂开了口子的衣裤缝线，给烂了的衣裤打补子，给孩子们纳鞋底、做鞋面。线穿过布，发出"嘶啦嘶啦"的声音。狗子婶的两张嘴皮子，也上下翻飞。即使她睡着了，说梦话都是怨三怨四。

阿青总是讨打，也是因为他太好吃、太顽劣了。别人家菜园子里种的黄瓜，黄瓜还没手指头大，他就给摘了吃；别人家种的红薯，红薯藤还没有一米长，他就挖来吃。最可气的是，他摘了瓜、挖了红薯之后，还要把黄瓜藤、红薯藤连根拔掉。哪家的男人上山做事去了，女人给男人留的饭菜热在锅子里，他便找机会把人家的饭菜吃了。每每有人来告状时，狗子叔是顺手拿到什么东西，就用什么东西打。可是阿青从来不记打，手上脚上那一浪浪的条子印还在，他就又去作孽了。一有闲工夫，他不是偷别人家的鸡刚下的蛋吃，就是抢比他小的堂弟堂妹手上的东西吃。屋场里的人厌他，任狗子叔打他，都没有人劝的。

狗子叔对狗子婶、阿青是这个样儿，对大妹子阿莲也好不到哪里去。按他的观点，妹子最终也是要嫁出去的，是别人家的人。生妹子，就是帮别人家养媳妇。所以，他骂阿莲用得最多的话就是"赔钱货"。老三老四还小，狗子叔不怎么理会。

哪里有压迫，哪里就有反抗。对狗子叔的开口就骂，抬手就打，狗子婶、阿青、阿莲是奋起反抗的。狗子婶的反抗，很蠢，也很可笑。除了用最恶毒的话骂狗子叔之外，就是她自己跟村里的几个老娘们说："晚上不准狗子叔靠近她。"阿青、阿莲的法子虽然消极，但挺管用，让他们少挨了打、少挨了骂。阿青是每每犯了事，就躲着不回家。生产队牛栏上面堆稻草的地方，是他躲得最多的地方。阿莲则老是猴在她大伯家里，帮她大娘烧火喂猪扫地。她大伯大娘也由着她，无非是吃饭时多添一副碗筷的事儿。

村子里有一位爱管事的阿婆不止一次批评狗子叔："如果你的脾气不改，总有一天要出事的。老婆是你的，你一个男人，就不能让让她。她念由她念，你一个耳朵进一个耳朵出就行了。崽女是你的，真要打坏了手、打残了脚，你不是害了他们一辈子吗？"

狗子叔听完阿婆的教训，只顾着像鸡啄米一样不停地点头。受到批评后，他的确是安分了一些。随狗子婶去念，他就跟耳朵塞了棉花似的装作不听见。那几天，狗子婶比过年过节心里还舒服。阿青也老老实实猫在家里，不出去犯事。阿莲烧火扫地带妹妹，不需要狗子婶喊。

日子翻到了八十年代，原本属于生产队里的山、田都承包到户了。人们不再吃大锅饭了，不再听队长的哨声出工了，而是按队长的安排做事。那种男男女女、老老少少一窝蜂，做事磨洋工的日子一去不复返了。田是自家的责任田，山是自家的责任山，种多种少、种好种坏，和自家的利益是紧紧相连的，哪个不用心哪个不尽力呢？田头、地尾，尽是埋头做事的人。

狗子叔会侍弄田，犁、耙、育秧、除虫，样样行。他家田里的禾苗比别人家田里的壮，稻穗比别人家的长。一年两季，那沉甸甸的稻穗、那黄澄澄的谷子，是和风是细雨，吹去了狗子叔脸上的凶样，洗去了他心里的恶性。对狗子婶、对儿女，也不是原来的样了。狗子婶挑水、淋菜，若他在家，或者从外面回来遇上了，他会很主动地接过狗子婶肩头上的扁担。上高山做事，摘了什么野果子，会揣在兜里，带回来给满妹子吃。狗子婶会种菜，她家的菜园子里，一年四季都不会空。春种辣椒、茄子，夏种黄瓜、丝瓜，挖了红薯又种大白菜。青菜青、辣椒红，磨盘大的南瓜喜死人。狗子婶还嫌不够，把家里责任山上一些平整的坡也整成土，种红薯，种洋芋，种花生。吃不完，就拿到集市上去卖。一块、两块、五块的票子，长了脚似的钻进了狗子婶的口袋里。口袋里有钱了，腰也直了，脸上的笑也多了。看男人看崽女，心也平了，气也顺了。

粮有剩，想打糍粑吃就打糍粑吃，想吃糯米饭就吃糯米饭。有余钱，赶集的时候想称一斤新鲜肉就称一斤新鲜肉，夏添单衣、冬置夹衫。来年秋天，狗子叔就请了泥瓦匠，拆了灶屋，盖了一间新的，又把所有的屋面都翻检了一遍，丢掉烂瓦，换上好瓦。

冬天是农闲时节，狗子叔不愿闲着，便带着阿青阿莲兄妹给责任山松土。干了一阵活儿后，狗子叔嫌穿着大棉袄笨重，抡不开锄头，索性脱了大棉袄，甩开膀子挖了起来。阿青看着身板硬朗、做事干净利落有力的狗子叔，脑子就转开了。"田就那么几丘，山就这么两块，不用三四个人围着它转。除了双抢的时候，平常有阿爸阿妈两个人尽够了。我们两个还是要想想别的路子。"阿莲的脑筋也不慢，她接过阿青的话茬儿，说出了自己的想法："我们都去学一门手艺吧。你去学烧窑，学会后就自己开一个红砖厂子。我去学理发，学会了，也自己开一间理发店。"

晚上吃饭的时候，阿青阿莲把他们的想法告诉了狗子叔狗子婶，当即就得到了狗子叔狗子婶的赞成。经人介绍，阿青拜大窑红砖厂的郭驼子为师。郭驼子人驼心不驼，他除了把自己一身的烧窑技术悉数教给阿青外，还鼓励阿青："我们这里土瘦地贫，刨一世土也刨不出金蛋蛋。有机会一定要出去走走看看、闯一闯。我是老了，走不动了。不然，我还要闯世界去。"阿青很用心地学，从选土、和泥、制坯、装窑到出窑，跟了几窑后，阿青就基本上掌握了其中的诀窍。一年后，阿青在离村子不远的鸡公山办了一间红砖厂。阿青算是看到后脑勺了，农村实行联产责任制后，看着不少人家富了起来。口袋里有点儿钱了，最先想的就是住得好一点儿。于是，他们拆旧屋、盖新屋，或另找宅基地盖房，一时在村子里风行起来。阿青的砖厂成了村子里最红火的地方。指挥人搬砖、出窑、装车，阿青就跟唱戏里面的将军一样，很是威风。

阿莲则在镇子里一家新开的广州发廊当学徒。阿莲没有阿青幸运，师傅收的学徒费不低，教技术却不那么利索，敢情是害怕教会徒弟饿死师傅吧。不用嘴巴教也就算了，她帮客人弄发型的时候，还总是把阿莲支开。阿莲很是气恼，又无可奈何。常光顾理发店的一位客人，看中阿莲的勤快和热情，建议阿莲别学理发了，去他的饭店做事。阿莲回家后便和狗子叔和阿青商量，没想到他们都赞成她去饭店做事。老板看中阿莲的为人，老板的儿子却看中了阿莲。阿莲到饭店不久，少老板就开始追求阿莲。赶集的时候，少老板会吩咐厨子炒几个好菜，开一瓶好酒，招待未来的岳父母……

　　再去狗子叔家里，你会以为自己进了城里人盖的别墅呢。一进门的厅屋大得抵得上原来他家的四间屋了。灶屋显得又宽敞，又明亮，进去十个人可以打转身，晚上做饭都不用开灯。睡屋有六间，床铺一色是家具店买的，间间都有大衣柜。杂屋不杂，东西都堆得整整齐齐。对了，厅屋里还有一台十七英寸的电视机呢，是金星牌的。晚上，屋场里的人都去他家看电视。这个场景，回到十年前，狗子叔怕是做梦都想不到吧。

青　梅

朋友发给我这样一条短信：我家屋后的几株杨梅，再过两个星期就成熟了，到时候来玩啊。

一晃，半个月时间就从后脑勺溜过去了。我想象着朋友头上顶一条毛巾、手提竹篮，尽情摘杨梅，看到熟透了的大杨梅，就往嘴里放的样子，口水都流出来了。

都是这鬼雨，绊住了我的脚。今年的雨水多得邪门儿，阳春四月还没过完，梅雨就铺天盖地而来。从天黑下到天亮，从天亮下到天黑，没完没了。不少地方，多得都成了洪水、成了灾。不晓得是杨梅的成熟，需要丰沛的雨水来催发，还是丰沛的雨水无意间成全了杨梅的变红变紫。

小时候，梅子时节也是这么多雨的。记得有一年发大水了，三叔婆家的茅厕、猪栏、牛栏因为离河边近，都被大水冲垮了。多亏叔婆有先见之明，提前把猪、牛关到了我家的猪栏里、牛栏里，才避免了他家的猪和牛被大水冲走的命运。

但我要说的梅子，不是能够当水果吃、能泡酒的杨梅，而是一个人，一个叫青梅的女孩、姑娘、女人。她是我的堂妹，是三叔婆的孙女、天叔和月娥婶子的女儿。

青梅长了一副猴子相，凸额头、雷公嘴。叔婆不喜欢青梅，小叔不喜欢青梅，连天叔都有点儿嫌弃青梅。青梅满月后要取名字了，天叔想都懒得想，正好去打早工的时候，从后山的一棵杨梅树下经过，一颗青梅掉下来，打了天叔的头，天叔就顺手捡来做了女儿的名字。

叔婆和小叔不喜欢青梅，是通过对我的态度，两相比较后比较出来的。按说，青梅是叔婆的亲孙女，是小叔的亲侄女，我是叔婆的堂侄孙女，是小叔的堂侄女，疏不隔亲，我应该排在青梅的后面才是，叔婆和小叔偏就把顺序弄颠倒了。叔婆的颠倒，无非是抓葵瓜子的时候，抓一把大的给我、抓一把小的给青梅；煎红薯片的时候，选好的给我，给青梅的则不选，顺手拈，其中可能还有煎煳了的。小叔的颠倒，就太不顾玉娥婶子的面子了。到了下雪天，小叔说要带我去河边的草窝子里捡冻僵的麻雀，青梅也想去。小叔理都不理青梅，背着我走进了茫茫雪地。

最不可饶恕的是我，抢了本该属于青梅的东西，可是我还是心安理得地嗑着比青梅多的葵瓜子、吃着两面都煎得金黄的红薯片，趴在小叔的背上，还说"小叔，你轻点儿踩，雪痛呢"。

更令我现在想起来感到愧疚的是青梅从不记恨。青梅比我小两岁，可能因为她是头胎、我是吊尾锤，青梅个头比我高，比我结实，比我力气大。我们去张家屋场玩，张家屋场的小孩子欺负我们，都是青梅挺身而出，五眼对六眼地跟张家屋场的孩子对着来。上村子边上的山头割茅草，上高山砍大柴，都是青梅等我，有时还要打转身接我。

母亲看不过眼，对说我："媛子啊，你也对青梅好点儿。我们这一房，就数你三叔婆家和我们家最亲。你别亲疏不分、好歹不分，青莲子家和我们家多隔了好几代，青莲子心眼又多，没有青梅待你实诚。"

我能够听进母亲劝告的时候，已经十五岁了，我背着背包、提着桶子去县城读高中了。在县城读了一学期，二哥又把我接到他所在的城市，进了一所重点中学。接着父亲过世，母亲也离开了家乡。我都不知道青梅有没有读高中，有没有拿到初中毕业证。

　　再见到青梅的时候，已经过去了十多年，我已结了婚成了家，为人妇为人母了。清明节到了，我回老家去给父亲扫墓。中午，我在天叔家吃饭。正好青梅也回了娘家，青梅那个瘦哟，衣服穿在她身上，就跟挂在衣服架子上一样；那个显老哟，反过来好像比我大了七八岁似的。我很想问问青梅，她嫁到哪儿了，男人怎么样，孩子多大了。可因为当天就要赶回家，时间来不及，玉娥婶子又总是拉着我的手跟我说话，我想和青梅单独说话的机会都没有。

　　我详细地知道青梅的情况，是在过端午节的时候。青莲的老公在株洲打工，青莲来给她老公做饭，费了很大的劲儿才打听到我家的住址，在我们准备吃中饭的时候，当了不速之客。我和青莲有二十多年没见面了，好在青莲嘴巴会说，说着说着，自然就说到了青梅："青梅姐造孽哟，嫁到彭家，公爹是个瘫子，在床上睡几十年了，男人早几年外出打工给人挖煤，煤窑塌方，一根横梁打在腰上，现在什么重活累活都做不了，青梅成了家里的顶梁柱。他们还有一个十多岁的儿子，现在读初中，每个学期的学费都让青梅姐脑壳大。几次碰到青梅姐，青梅姐穿得那个差哟，看了掉眼泪。"

　　我越听心里越紧，越听心里越痛。我像个姐姐吗？妹妹嫁到哪里，我不知道；妹妹嫁了一个什么样的男人，我不知道；妹妹家里困难得孩子读书学费都成问题，我不知道。我的嘴巴怎么就那么金贵，天叔来城里喝母亲八十岁寿酒的时候，我为什么不问问青梅的情况；天叔来城里喝侄儿喜酒的时候，我为什么不问问青梅的日子过得好不好？我虽然没有混出什么名堂，家里总还是有些余钱剩米的。我们家做两场喜事，对老家来的亲戚，我多多少少都意思了一下，一百两百不等。虽然钱不多，总还可以救救急。

　　我好像又是在替自己开脱似的，转而又怨起青梅。她根本就不记得有我这个姐姐了，天叔有我家的电话，小叔也有我家的电话，青梅怎么就不能给我打个电话呢？青梅若给我打了电话，我怎么也不会袖手旁观，怎么也要帮她一把啊。

　　怨青梅是没道理的，青梅从小就是一个不喜欢求人的人，这可能和她觉得自己长得不讨人喜欢有关吧，她从来不会讨好卖乖去求得什么好处。再吃力再费力的事，她都宁愿自己咬紧牙关硬撑着。

　　青梅不只不喜欢求人，还特能忍。我们每次去张家屋场玩，几个调皮的孩子，总是冲青梅喊："孙猴子来了！孙猴子来了！"我气得拉起青梅转身就走，发誓再也不去张家屋场玩了。青梅反安慰我："阿媛姐，我长得这个样子，又不是我的错，怕什么啊。如果我好吃懒做、偷东西，就怕人说怕人笑。"

　　后悔有什么用，埋怨有什么用。第二天，我就去了邮局，按青莲说的地址，给青梅邮去了五百块钱。五百块钱是少了点儿，但至少可以缴清孩子欠的学费了。

　　过了几天，青梅打电话来了。青梅左一个"多谢阿媛姐"，右一个"多谢阿媛姐"，听得我整张脸都红了，红得像煮熟了的虾子。我哪里有资格听青梅发自肺腑地左一声谢谢，右一声谢谢呢，我主动挂了电话。我怕说久了，我会哭，会像此时的老天一样，滴滴答答地掉眼泪。

　　恰好，朋友打电话来。"你哪天来？今年的杨梅水分特足，又甜。我已经摘完两株了，准备晒干了泡杨梅酒。特意留了一株没动，你快点儿来啊，不然，你就只能在杨梅树下捡杨梅干了。"

大林哥

大林哥坐在沙发上，边看电视边抽烟，边抽烟边咳嗽，他向来话少。我不问他，他不开口；要他吃水果，他不吃；要他剥点开心果，他也不剥。

我看着瘦小且拘谨的大林哥，思想就走了神。一幅久远的画面，如我家墙上的大镜子一般，清晰地立在我的眼前：和现在的大林哥一样瘦小的二大伯，细木桩似的坐在他家吃饭的条凳上抽闷烟。烟是自制的山烟，烟筒是自制的、长长的竹烟筒。咳嗽，吐了烟咳，烟筒还在嘴里也咳。白天大日头下，二大伯的脸色跟灶炕里的柴灰一样。

大林哥的脸色也不好看，在三十瓦的白炽灯下，都没能显出一点儿亮色。说起他的病，说起这次来株洲治疗，大林哥一脸的过意不去，说给我添麻烦了。大林哥得的是肾结石，来株洲某医院做微创手术，手术费不低。

和大林哥一起来的是他的小儿子，特意从深圳赶回来，陪大林哥做手术。跟大林哥不同的是，他很随意，好像在自己家里一样，跷着二郎腿抖个不停。说起他在深圳打工的经历，滔滔不停，口如悬河一般。

正是大林哥年轻时候的样子。过年，我的两个在城里工作的哥哥回来后，他们去高中的老师家里拜年，去他们的同学朋友家里走动，大林哥跟班似的跟上又跟下，不管在谁家里，他都是想吃什么就拿什么。哥哥们回单位了，来信了，大林哥放高音喇叭似的读给我阿爸阿妈听。我读三年级的时候，哥哥们要求我给他们写回信了，阿爸阿妈口述，大林哥在一边指点，我反应慢，大林哥就用食指点我的脑门子，叫我蠢阿茂。

记得我五岁那年，屋场里的十几个细伢子、细妹子在生产队里的那栋老仓库的走廊里玩榨油的游戏，你推我、我搡你，竹竿子似的我第一个被挤出了队伍。被挤出队伍的我，双手向栏杆撑去。早就已经松动腐坏的栏杆受不住我那一撑，"吱吱"叫着往外倒。正在仓库前面晒谷坪里和生产队里几个干部说事的大林哥，听到小伙伴们的惊叫，急回头、转身、伸开双臂，大鸟一样地向着我下坠的方向冲来。我稳稳地落在大林哥粗壮有力的手上。虽然没有伤皮伤肉伤骨头，受吓不过，我还是"哇哇"大哭。

现在的大林哥，瞧他那个紧张、脸上表情那个木然、说话那个小心翼翼，心里真不是滋味儿，很想大声地跟他说："大林哥，我是你看着出生、看着长大的，在我家里，你完全可以像在自己家里一样随意。"

大林哥的儿子说得口干，从茶几上拿起一听饮料，揭开后一仰脖子，"咕嘟咕嘟"几大口就灌进了肚子里。看到儿子大大方方、轻松随意的样子，大林哥的脸上也有了些羡慕、骄傲、自得的表情。此时的大林哥可能是想起自己年轻时候的样子了吧。

是哩，在生产队里出工的时候，大林哥可是一个好劳力。上高山背树子，一根大海碗口粗、十来米的杉树扛在他的肩上，就跟肩头上只是搁了一根烧火棍似的，比我现在空手逛街走得还轻松；下田扶犁、踩打谷机、挑一百多斤的谷子去公社送公粮，都不在话下。他饭量大，一餐能吃三四碗米饭，胃口好，冷汤、剩饭、没洗的野果子都能往嘴里填,壮得跟牛似的,一年四季都不要吃药、不要看赤脚医生。他又爱讲爱笑,他人在哪里,哪里就是笑声一片……

　　是什么掐掉了大林哥如神仙一般自在快活的日子?是二伯妈的死。能干、主事的二伯妈过世后,生活的担子就落在了大林哥的肩上。二大伯有病,虽是正当壮年,他挣的工分除了他自己的口粮,剩下的还不够他抓药。他有两个妹妹,大妹妹有点儿傻,只能帮着家里做些砍柴打猪草、煮饭喂猪一类的活,队里是不让她出工的——她的口粮,得大林哥帮她挣。二妹妹自以为是读书的料,二伯妈死后,不肯辍了公社中学那个学——她的口粮,也得大林哥帮她挣。一年一年过去了,毒日头收走了大林哥脸上如日头一般明朗的笑,一根扁担压了左肩压右肩,压驼了大林哥的背。大林哥给有点儿傻的大妹张罗婆家,给自以为读了两天书、就鼻孔朝天的二妹妹找对象,最后才轮到他自己。

　　堂嫂和二伯妈一样能干,却没有二伯妈心慈。她心疼二大伯吃药吃掉的钱,容不得两个已经出嫁了的小姑子空手回娘家,白吃白住,回去还要带东西。第一回,大林哥没镇得住,后来家里万事都是堂嫂说了算。帮衬两个妹妹,还可以偷偷摸摸;给二大伯抓药,却没法藏、没法掖,那两头难做人的日子,磨去了大林哥身上的最后一个棱角。

　　大林哥看儿女看得重。儿子也好,女儿也好,都是读了小学读初中,读完初中读高中,如果他们争气考得上大学,大林哥一样会供他们读完大学的。女儿高中毕业在家里做了两年事,就急不可耐地找了婆家。嫁了就嫁了吧,生了孩子,自己不带,送回娘家带。堂嫂有时还发发牢骚,大林哥却是一句怨言都没有。值得安慰的,是儿子有孝心,在外面打工挣钱,挣了钱就往家里寄。

　　大林哥就像一架超负荷运转的机器,转啊转啊,终于转出了自身的毛病。大林哥先是患上了和二大伯一样的咳病，后来又查出得了肾结石。说起肾结石的磨人，大林哥的脸上还残存了结石病发作时的痛相。

　　我有些责备似的说大林哥，为什么去年查出有病，拖到今年才来动手术。

　　大林哥扯了扯嘴角，有点儿无奈地说："凑不齐那么多钱哩，今年要不是儿子换了一家工厂，工钱比原来多了，怕是要等到明年，才攒得齐手术费哩。"我还想既然大林哥来了，就劝他去市一医院检查一下他的老肺，张了张嘴，却没有说出来。

　　大林哥看起来很疲劳的样子，说想睡觉了。墙上的挂钟，刚指向八点。

远清叔

癫子癫，癫子癫，不癫不癫，我怎么做得了神仙。

一群七八岁、八九岁的山里伢子妹子在生产队的晒谷坪里，玩打陀螺、踢毽子、跳房子的游戏。"癫子来了！"不知道是哪个喊了一嗓子，所有的伢子妹子们马上停止了他们游戏，一窝蜂似的朝"癫子"围过去，打巴掌、叫兮兮。喊得最凶的一个叫二狗子，他双手叉在腰上说："懒人子，装癫子。"

我并没有跟着别的小伙伴们一起喊，阿妈也不准我喊，还让我劝别的细伢子细妹子也别喊了。我也看不得二狗子仗着他阿爸是大队民兵队长的势力，总是一副耀武扬威的样子，我瞪着眼睛看他："喊喊喊，你以后再这么喊，就别想借我的作业抄。"二狗子疯、野是飞天蜈蚣，读书却是条木头虫。每次老师布置了作业，他都是眼巴巴地等我做完，觍着脸借我的作业本去抄。我这么一说，二狗子就跟孙悟空被唐僧念了紧箍咒似的，马上来了一个一百八十度大转弯，他伸开双手拦住向"癫子"围拢的玩伴们："去去去，一边玩去。"

被细伢子细妹子们叫作"癫子"的是一个中年男人，是我的一位远房堂叔。他身体瘦弱，头勾勾的，还是个驼背，上身穿一件蓝汗衫，下身穿条黑色的裤子，脚下是一双黑色的圆口布鞋。

他的眼睛和耳朵好像都不怎么管用似的，对伢子妹子们的喊喊叫叫竟视而不见、听而不闻，既不像村子里别的大人子那样，对小孩子的无礼大声责骂，也不挥手赶他们走，好像晒谷坪里就他一个人，没有任何阻碍他走路的人和事一样，走他自己的路，去他要去的地方，既不看带头起拱子的二狗子一眼，也不看间接给他解了围的我一眼。

看着远清叔堂堂一个大人被小孩子欺负，他竟然一点儿脾气都没有，反而一直在躲避，我感到十分不解，脑瓜子里打上了一千一万个疑问号。

但阿妈没有满足我的好奇心。阿妈只说，远清叔原本是一个聪明人，就是聪明过了头，他常在出工的时候讲些大不敬的话，后来被有心人告到大队，告到公社，结果上面就悄悄派人来村子里，一查，原来远清叔常偷偷地收听敌台，他平日里那些大不敬的话就是从他的话匣子里听来的。阿妈没有告诉我，远清叔是怎么被上面派来的人抓走的。阿妈只说，远清婶子在远清叔被抓没多久就跟远清叔离了婚，带着肚子里的孩子嫁给了别人。

正当我还想追问些什么时，阿妈不耐烦地说："细妹子人，总问这些事干什么？"唉，我的阿妈呀，您不知道您的闺女正为一件事发愁呢。事情是这样的，我给钢笔上墨水的时候，不小心将一滴墨水滴到了我的新华字典上，巧不巧正滴在"毛主席语录"五个字上，被我的对头云香看见了。云香威胁我，说我如果以后什么事都让着她，她就不会告诉老师。我只好在考数学的时候，明明做得出一百分，故意不做或做错。尽管这样，我每天还是颤颤惊惊，生怕云香反悔去告诉老师。后来我灵机一动，烧火的时候，趁阿妈不注意，将新华字典扔进灶炕里，一把火给烧了。字典被烧了后，我一身轻松，不怕云香告黑状了。

我一个八岁多的细妹子都晓得毁灭证据，他怎么就不晓得把那话匣子扔进他家的茅厕里呢？难不成正如村里的大人们所说，远清叔是故意让自己被抓的？不可能是这样的吧。因为从我记事起，我看见远清叔就跟电影里的犯人一样，总是低着头。走路时，总是左看右看，生怕走错了一步；站着的时候，他也总是两眼看地下。看到人们围在一起说话，他就以为是在说他，便飞快地抬起头看看他们一眼，马上又低下头去。在多数时间里，远清叔总是把自己关在房子里。也不知道他在房子里干些什么，一个早上一个上午都不出来。叔婆来喊他吃饭，总能听到他以很快的速度开门，开了门后两眼惶惶地看着叔婆。叔婆又是心疼又是气，说不知道是不是她上辈子造了孽，这一世要遭这样的报应，有时咒老天爷，为什么还不把她收去，留着她在世上受这样的罪。还有，远清叔的嘴巴就跟泥糊住了似的，从没见他跟村子里的哪个大人说过话，更没见他笑过。村里的大人们也当没有远清叔这个人似的，面对面碰着，连点个头笑一笑都不肯，只是木着脸走开。村里的细伢子细妹子们受家里大人们的影响，该喊远清爷爷的不喊爷爷，该喊远清伯伯的不喊伯伯，"癫子，癫子"当面叫得跟打锣一样，更有顽劣的孩子，竟然追在远清叔的后面捡小石子扔他。生产队更过分，连基本的口粮都不分给他。叔婆蒸的饭，番薯丝远多于米；煮的稀饭，照得见饭勺子；几斤茶油、几斤菜油，可以吃一年。

我忍不住又追问阿妈："远清叔是真的癫子吗？怎么都不见生产队安排他出工，也不见他帮着叔婆打柴挑水种菜。远清叔真的是故意躲懒，不想做事吗？"

阿妈气愤地说是那几个当初整远清叔的人，怕村里的人说他们烂心烂肺，对同一个祠堂的本家都下辣手，小心以后有报应，所以造远清叔的谣，说他是装癫。那几个又是惹不得的人，村里多数人怕得罪人，明知道远清叔受了苦，也不敢站出来为远清叔说句公道话。最气人的是他们几个编派远清叔，教给他们的孩子，要孩子拿出来当歌唱。二狗子的阿爸，就是其中一个。

听着阿妈的讲述，我对几个不顾同姓同宗的情义，只顾巴结讨好上面的堂叔伯们憎恨起来。就算远清叔发了点儿牢骚、讲了些怪话大不敬的话，有什么大不了的，队干部还是队干部、社员还是社员，对谁都没有影响，为什么要没事生事，做那些损人不利己的事？难道大人们也和我们小孩子一样小气吗？

　　阿妈打开了话头，有关远清叔的一些事一件件地从阿妈的嘴里过到我的耳朵里。"你远清叔是一个有文化的人，写得一笔好字，早先屋场里谁家有个红白喜事、过年，对联都是请他写。他还会讲很多时文（故事），黑面的包公，白面的曹操，岳飞精忠报国，刘备三顾茅庐，诸葛亮借东风，等等。不仅细人子喜欢听他讲时文，就连我们这些娘儿们也爱听，你那远清婶子就是个时文迷。后来，他就慢慢地有些讨人嫌了。他不像一些生产队里的干部和社员，上面说什么，干部就传什么，社员就跟着做什么。大炼钢铁的时候，就他一个人说炼钢炼铁是要技术、要专门的设备的，几把旧锄头、几把旧铲子、几只旧锅子，再怎么炼，烧再多的柴，也炼不出和炼钢厂炼铁厂一样的钢铁来。对拿着碗筷高高兴兴地去食堂等饭吃的人，他说："你们现在笑，过半年、一年，你们哭都没有眼泪。"

　　我想象着一袭长衫的远清叔右手拿墨、左手拉着右手的袖口，宁神静气磨墨，墨磨好后，铺红纸，唰唰唰、唰唰唰，一袋烟的工夫，就写好了一副对联，一副因受人尊敬而意气风发的样子；先拿大摆架子，然后摇头晃脑、口若悬河地讲时文的样子；更多的是讲牢骚话大不敬的话时的样子：沉痛地看着大队干部们生产队的干部们走进每一户人家，收走他们的旧锄头、铲子、煮潲的铁锅，命令社员把禁山里五十年一百年的老树砍掉，架起一口特大的铁锅，日夜安排人炼钢铁，最后炼出一个大铁坨。忧心忡忡地看着村里的男男女女、老老少少每到吃饭时，就欢欢喜喜一窝蜂地赶去食堂开饭，煮饭的尽着锅子下米，炒菜的尽着油桶里的油放……

　　阿妈抛开了远清叔的话题，说起了自己过苦日子时的事。"那个难啊，八张嘴问我要吃的，我一天到晚就想着去哪里弄吃的、做什么填饱八个肚皮，上高山挖春笋、挖蕨，番薯叶、南瓜叶，过下开水，加点盐，都是好东西。"

　　我放不下远清叔，心里总想着远清叔到底是怎么癫了的，发愁叔公叔婆百年后，谁帮他做饭谁帮他洗衣服，谁去管他呢？

桃花姐

"桃花子白、桃花子红,桃花子生得好看,醒死一村村的人。"

几个八九岁的细妹子,在生产队的晒谷坪里玩跳房子。所谓房子,就是用彩色的粉笔在一块坪里画的一些相连的格子。单脚起跳,脚带着的是一块扁平的小石子,在格子里连续跳下去,石子压线或脚踩到用粉笔画的线,就算输。一个妹子总是赢,越跳越来劲儿。脚下顺溜,嘴也不肯闲着,一个劲儿地念不知是哪个促狭鬼编的几句词儿。另一个老是输的妹子不愿意了,说烦死了,总念总念,一个妖精婆,有什么好念的。总是赢的妹子一听也恼了,说我讲桃花姐生得好看关你什么事,你生哪路子气,你是眼红桃花姐生得比你好看。输的妹子做了一个怪相,说什么哪个比哪个好看,都是两只眼睛、一个鼻子、一张嘴,无非是"桃花子"生得白净些。说完这些,她还觉得不解气,又用手拍拍自己的屁股,说她的屁股不知比"桃花子"的脸白了多少。赢的妹子伸手在自己的脸上做了一个羞羞脸的手势,羞辱她的小伙伴。说你拿块镜子照照吧,就你那样,怎么能和桃花姐比啊,简直就是一个天上一个地下。输的妹子不甘示弱,挖苦赢的妹子。说是哩是哩,你是桃花子的跟屁虫,一天到晚跟在她的屁股后面转,想她的好看传点给你哩。赢的妹子不恼，反而笑了，说她就是喜欢"桃花子"的样子。生得那么好看，没有一点儿架子，脸上总是像太阳光一样亮堂，像月光一样柔和，说话轻轻细细，对阿爸阿妈是这样，对屋场里的每个人都是这样。输的妹子"哇"的一下哭了。她边哭边说，难怪你一天到晚总是往桃花家里跑，我想要你来我家玩，三请四请你都不来，原来你是嫌我生得没有桃花姐好看。赢的妹子慌了，一脚把小石子踢出了格子，单脚跳到输的妹子跟前，去拉她的手。说她又不是伢子人，怎么会只爱和生得好看的妹子人好呢，妹子人和妹子人生得好看和不好看，还不是一样的。

嗨，这"桃花子"是什么人？竟让两个好得共脑壳、一块红薯也要对半分的小伙伴，房子不跳房子，停下来拌嘴呢。这个"桃花子"可不是一般人呢，是大队书记名高叔的独生女儿，是屋场里、大队、公社出了名的好看的妹子哩。

"桃花子"到底生得有多好看呢？屋场里的人说她是天上的桃花仙子转世投胎，脸上自红自白不算，身上还带着一股桃花香味。外村的见过她的年青人则说，桃花生得比那电影《五朵金花》里的大金花还好看。

我就是那个跳房子总赢的妹子，是拿"桃花子"当仙女姐姐一样来崇拜的。有我和阿妈顶嘴时的一句话为证："你怎么就把我生得这个样子啊！看名高婶子把桃花姐生得多好看哪。"阿妈哭笑不得，骂我："这么爱俏！钻娘肚子的时候，怎么不看清点啊。你要钻了桃花子她娘的肚子，就是第二个桃花子了嘛。样貌生成了，改不了了，怎么办呢？"我暗地里对着镜子，学桃花姐笑的样子，还有她说话的样子。这我哪里学得来！桃花姐是丹凤眼，她笑的时候两只眼角像是要飞起来似的。桃花姐的嘴巴小得只能塞得下两根手指，两片红红的嘴唇包着一口糯米牙。不说话时好看，说话时就更好看。再看看我，长了一张吃四方的男人嘴，一口老鼠牙。阿妈为了宽我的心，说细妹子不是生得好看就讨人喜欢，要听话懂事才招人疼。

但屋场里那些生得粗蛮的大娘婶子不待见桃花姐，总是在背地里说怪话。大意是女人家生得好看又当不得饭吃，田里土里找食的人，脚走得、手提得、肩挑得，没病没痛，眼睛鼻子齐全就行了。像"桃花子"那么娇弱，一阵大风都能吹倒的妹子，除了嫁到城里去，要是在乡里，谁要是娶了她，反倒会成为负担。

哈，还真让那些大娘婶子们说中了。屋场里一位远房叔公的外孙，刚从部队转业分配到县武装部的复员军人来看外公外婆，见到收工回家扛一把锄头的桃花姐，那眼睛就直了。叔公疼爱外孙，也不管自己的闺女家是在深山坳里，子女一大堆，家里穷得叮当响，只好厚着老脸就去向身为大队书记的堂侄子提亲。名高叔看中了复员军人的老成和孝心，复员回家后的第二天，就来看外公外婆，说话头头是道，是见过世面的人。名高婶子却是一百个不中意，一个兵牯佬，没有一点儿根基，就算是分到县武装部，也是个做工的。一个月就那点儿死工资，还要负担弟妹读书，怕是抵一个会手艺的都抵不得。桃花姐不说行，也不说不行，只说由阿爸做主。

那一年，桃花姐刚满二十岁，嫩得像一瓣瓣能掐出水来的桃花。屋场里几个跟她玩得好的堂姐妹都说你急什么啊，凭你的长相和人品，什么样的人家找不到，不说找公社书记的崽，起码也要找一个和你阿爸一样是大队书记的崽吧。你又有文化，搞不好还可以找县里大干部的崽，把你转成国家粮，搞到县里的百货商店去当营业员呢。都说人往高处走，水往低处流，你不往镇上找县里找，却找到深山坳里去了。他家里是个什么情况，你又不是不知道。阿爸阿妈老实憨厚，家里穷得找不出两件像样的衣服来，他又是老大，底下还有四个弟弟妹妹。你到底图他哪一点啊。桃花姐笑着说："就图他人好啊，他家里现在是困难点，以后弟弟妹妹大了，就好了。"堂姐妹见桃花很坚决的样子，转而开始给她出馊点子，说复员军人转业都有一笔安家费，要桃花变着法子让复员军人给她买东西，别让复员军人把钱塞给他那个穷家了。可是，桃花并没有听堂姐妹的话，反而事事为复员军人着想。每次复员军人要给她买东西，她总是说不要，给名高叔名高婶子买东西她也拦着。气得名高婶子说桃花姐真是女生外相，还没有出嫁呢，就事事替夫家打算啦。

桃花姐人生得好，人品更好，那复员军人生怕有人来跟他抢桃花。所以，他和桃花只相处了半年，就喊着要和桃花成亲。桃花姐不说同意也不说拒绝，只微笑着听由复员军人去张罗。依名高叔两公婆的意思，他们只有桃花一个孩子，崽是她，女也是她，想要复员军人上门，就要做个倒插门的女婿。复员军人不肯，说他相信自己养得起桃花。至于老丈人和丈母娘，以后年纪大了，可以搬到县里和他们一起住。名高叔拗不过未来的郎崽子，即使有一千个舍不得、一万个舍不得，也不得不把心肝儿肉似的桃花送上了下县里的客车。

桃花姐过上城里人过的日子啦。柴不用自己打，她家烧煤哩。菜不用自己种，拿钱去农贸市场买哩。每天就是买买菜、做做饭、搞搞卫生、洗洗衣服，比那吃国家粮拿工资，却每天要按时上下班、有事要请假、不能迟到早退的真正城里人还轻松舒服。只不过被名高婶子说中了，日子过得有点儿拮据。虽然桃姐夫不抽烟、不喝酒，每个月发了工资，自己一分钱不留，全部上交给桃花姐。桃姐夫的工资是二十四块五毛，的确是少了点儿。加上物价补贴、出车补贴、山区补贴，一共才五十一元。两个人的吃穿用，加上交房租和水电费，已经过得自然是有些紧巴了。每个月不仅要留出五元钱给家里买油买盐，还要留出钱给弟妹交学费，就更是捉襟见肘了。好在桃花姐省吃俭用，一分钱能掰作两分钱用。买菜只买当季菜，买菜的时间选在农贸市场快要收摊的时候。有时，她花几毛钱就可以买一堆菜。带毛的猪头猪脚、回家还要洗要清的猪肠子、猪肚子、猪肺，价钱比猪肉便宜很多。但一般的人嫌麻烦，宁愿多花钱买猪肉吃。桃花姐不怕费事，专门拣这些别人不爱买的肉吃。桃花姐还很会做人，到县城没多久，就和百货商店几个柜台的营业员混熟了，有什么布头子、坏了包装的香皂、洗衣粉等处理品，那些营业员都会给桃花姐留一份。所以，他们家的小日子过得还不算十分寒碜。屋场里有人下了县里，都会到桃花姐家里落脚。桃花姐留吃留住，没有半点儿不乐意。

一年后，桃花姐生了一个胖小子。名高婶子担心没人侍候桃花姐坐月子，特意要求名高叔将桃花姐接回娘家来。虽然是月婆子，桃花姐穿得一点儿都不埋汰，就像是三朝回门的新媳妇。见了谁都是一脸的笑，对着怀里的孩子说这个是外公外婆、满姨舅舅、表哥表姐。屋场里的人就笑着说："桃花啊，他还是月毛毛哩，哪里听得懂你说哪个是哪个，以后你多回来，等他长大了，就会认得我们啦。"办完孩子的满月酒之后，桃姐夫就要带桃花姐母子二人一块下县里。名高婶子强留说："月子是一百天哩，过了一百天再回家。"桃花姐有心要回自己的家，又不忍心拂阿妈的意，两头为难。最后还是桃姐夫忍痛割爱，一个人上了下县里的客车。

已为人妇人母的桃花姐，和当姑娘家时相比，似乎没什么变化，还是那么细皮嫩肉、白白净净的，身体也没有发胖。她与人讲话时还是那么和气，声音没出，脸颊的两个酒窝就已经深深凹进去了。白天，她抱着儿子在屋场里串门子，细声细气地和生过孩子的堂嫂们讨论养儿经。那细毛毛生得白白胖胖，桃花姐又带得干净，屋场里的人都争着要抱抱那细毛毛哩。桃花姐也不嫌人手粗手重，谁要抱孩子，就放心地让人抱。到了晚上，那细毛毛闹夜，桃花姐怕吵着别人，便关窗关门，抱着儿子在房子里走来走去，柔声柔气地唱催眠的儿歌。名高婶子心疼桃花姐，要替替她的手。桃花姐不让，说阿妈白天做了一天的事，要让阿妈早些去休息。

桃姐夫惦记着桃花姐母子俩，星期六下午下了班，就搭车往老丈人家跑，住两个晚上，星期——大早再搭车赶回单位上班。他一来就不肯闲着，不是一担一担挑水，把水缸装得满满的，就是拿起斧子劈柴，什么活都抢着干。好像是桃花姐母子俩住在老丈人家里，不让她们交一个伙食钱，他心里过意不去，想要通过做事来补偿似的。对桃花姐、对儿子，桃姐夫更是事事体贴，样样关心。

过了星期一，桃花姐就开始盼星期六。一到星期六的下午，她就早早地带着儿子去公路边上等桃姐夫。来来往往的车辆扬起的尘土扑了桃花姐母子一头一脸，桃花姐也完全顾不得。"嘀嘀嘀"的汽车喇叭声，一次次地刺着桃花姐的耳朵，桃花姐也不管。快要落山的日头，把桃花姐母子俩的影子拉得老长老长。到了刮风下雨天，名高婶子拦着不让去。桃花姐就让名高婶子照顾孩子，她一个人站到路边上去等。

每次看到桃花姐站在路边，伸长着脖子朝公路尽头张望的身影。我就忍不住胡猜乱想，假如桃花姐当初仗着自己生得好看，攀了公社县里干部的高枝儿，她的生活又会是什么样子呢？当摆设的花瓶？还是受气的小媳妇？也许，就像桃花姐现在这样，物质生活虽然不富裕，头上也没有光环，但夫妻恩爱、家庭和睦才是最可取的吧。

翠 平

翠平总是喊肚子饿。

她家里人口多。阿公、阿婆、阿爸、阿妈，翠平是老大，还有三个妹妹、一个弟弟，一共是九口人。

阿公阿婆老了。她和妹妹弟弟都还未成年。真正在生产队里出工、拿工分挣一家口粮的，只有她阿爸阿妈。

她阿爸阿妈都不是勤快人，在生产队里出工时偷懒是出了名的。她阿爸一个大老爷们，却总是混在女人堆里，和女人们拿着一样的工分。她阿妈有样学样，也总是偷懒。俩个懒人子，挣不来全家的口粮。年年超支，是生产队里的超支大户。生产队长、会计拿她家没办法，社员产生了不少意见。因为平日里分红薯、土豆等杂粮时，是按人口分配的。人口多，自然就占便宜。

占了便宜的翠平一家，一年四季还是吃不饱。尤其是青黄不接的时候，她家更是饥荒。一天两餐，一干一稀。干饭掺了很多红薯丝不说，还吃不饱。老的饿，大的饿，小的饿。老的有办法，他们有一块土肥的菜地，有一棵李子树、一棵梨树。土里的菜、树上的果，都由两个老的掌控。饭桌上没菜了，媳妇想去老的菜地摘一把豆角、几个茄子，做阿婆的也会骂人。树上的果子，翠平姐弟也是吃不到嘴里的。菜是两个老的留着开小灶时吃的，果子拿到集上去换钱，他们就可以买这个糖、那个糕吃。翠平的弟弟偶尔可以得到一点儿抹抹嘴，翠平四姐妹自是一点儿光都沾不上。翠平阿爸也有办法，他有一块自留地专门种烟叶，除了他自己抽，还会拿一部分到集市上去卖。得了现钱的他，就买包子、油条，吃独食。翠平阿妈虽然知道两个老的都躲着她们娘几个吃东西，却也无可奈何。

既然翠平阿妈无可奈何，翠平姐妹更是没有法子。等到肚子"咕咕"叫的时候，也只好强忍着。翠平是老大，少不得还要让着妹妹弟弟。饭不够，吃三碗才饱的她，三下两下扒光一碗饭就躲出去了。喝稀饭，她只能从面上舀，把下面的几粒米留给妹妹弟弟。

生产队里有几个家里条件好一点儿的姐妹都很同情翠平，她们一有多余的吃的，都会给她留一口。有自己穿着小或不想穿了的衣裤、鞋袜，都会送给她。

翠平明知道吃人的嘴软，拿人的手短。无奈的是，自己的嘴巴不争气，肚子也不争气。见了人家手里的一块红薯、几个土豆、一把葵花子、一根黄瓜，肚子里的虫子就往上爬。算不出她吃了姐妹们多少东西，身上穿的有哪几样不是姐妹们给的。

给翠平东西最多的，一个是兰，另一个是梅。兰家是生产队里条件最好的一户人家，她又是家里的独女，阿妈宠她，兄弟们让着她。兰自然是饿不着，也冻不着，常把家里没吃完的东西或者自己不再穿的衣裤拿给翠平。梅家里的条件也不差，两个哥哥在城里工作，一个姐姐已经出嫁，家里就阿爸阿妈她三个人。到了年终，生产队里有钱进。两个哥哥回来了，还有城里的副食品。

兰给翠平东西时，一般是不直接递在翠平手上的。她多是用手指一指，示意翠平自己去碗柜里拿碗筷，再去饭甑里盛，自己揭开锅盖、拿锅里的红薯、土豆。若是旧衣裤什么的，兰会先从衣柜里拿出来，然后丢烂布似的丢到一张凳子上，再叫翠平去拿去捡。给了东西之后，兰又是另外一个样子，她扬着脑壳很大声地对翠平说话，一下要求翠平这样，一下又要求翠平那样。

梅与兰却有所不同，她从来不摆施恩者的样子。翠平来邀她一块出去玩也好，还是等她一起去学校也好，梅总是很随意地告诉翠平，说她家还有饭菜，问翠平吃不吃。自己穿着小了或不穿了的衣裤，也总是先问过翠平要不要，才会拿给她。

翠平心里也明白，梅对她比兰对她好。即便如此，她也只能把明白装在心里。无论在言语上还是行动上，翠平都不敢有半点儿近梅多一点、近兰少一点的举动。三个总是吃不饱，总是想东西吃的妹妹，使她不能够选择面子、自尊，她在外面能多吃到一点儿东西，就可以在家里少吃点，多省点给弟弟妹妹们吃。

不以投中了娘胎自骄的梅却看不得翠平在兰面前那种没骨气的样子。说翠平的背筋是不是被抽了，在兰的面前总是抬不起头、挺不起腰。有时恼得狠了，就不理翠平。翠平慌了，细声细气左一个阿梅右一个阿梅地叫着。梅梳头，她递皮圈、递发夹；梅要去挑水，翠平抢先一步拿起扁担，钩起水桶，飞也似的往小河里跑去；屋场里的姐妹在晒谷坪里玩跳房子，翠平总是故意输给梅。梅心里酸酸的，斜着眼对翠平说："哪个要你让？"

很明显，兰是不能容忍翠平跟梅走得近的。她会瞪着眼睛骂翠平不记她的好："那天，我给了你一双鞋子；那天，你在我家吃了一碗饭。你把鞋子还我，把饭吐出来。"翠平怎么还得出？鞋子都快穿烂了，饭更吐不出来。既是还不出、吐不出，翠平就只能任由兰骂了。兰骂过了，气消了，就好了。下次有了东西，她照样会给翠平的。明眼人都看得出来，她这是跟梅比高下呢。出了生产队，在大队的小学校里，她们三个可是关系很铁的姐妹。

在大队的那所小学校里，墙上的黑板、老师的微笑、讲台上的粉笔、带着墨香的书、有橡皮头的铅笔、操场上的篮球架,都给山里的娃子以无穷的想象。兰的理想是长大了当一个画家,画遍祖国的山山水水;梅则幻想着有一管彩色的笔,能写漂亮的文字;翠平的想法最实际,她想当一个民办老师,每个月大队有几块钱补贴,在学校吃饭不要交伙食钱,还有农忙假、寒暑假。

兰、梅二人进公社中学读书时,翠平没有和她们一起去。因为她辍学了,她阿爸的原话是:"妹子人读那么多书做什么!会写自己的名字,晓得看秤星子,卖得菜出就行了。虽还不能在生产队里挣工分,家里灶上烧的、猪吃的,总可以包下了。"翠平只好眼泪汪汪地看着兰、梅背着书包走出了村口。

翠平黑黄的脸孔、矮瘦的身子,被日日裹在大山中。因为饥一顿、饱一顿,翠平的身子发育不起来。十二三岁的人了,身高还不到一米四,体重也只有六十来斤。兰、梅穿着小了的衣裤穿在她身上,就像打灯笼似的,无风也能飘起来。可怜这么一个小人儿,天一亮就得起床,帮着她阿妈烧火、喂猪。天晴去山上割引火的茅草,下雨则去田里河边打猪草。

搂柴火,不是件轻松的活。一个村子里几十户人家,附近的山头就那么几座。那引火的茅草,你割他割,家家都割。近一点儿的山,早成瘌痢头了。山上的杉树、油茶树是集体财产,只杉树的细枝、枯死了的油茶树枝,可以捡、可以折,能捡、能折的枝叶能有多少?近地方的茅草没了,只能去很远的山头割。大柴更只有进高山上去砍、去背。翠平去不了高山砍大柴,她的任务就是包下她家引火的茅草。往往是吃早饭前就把镰刀磨好,把扁担、绳子准备好。她是跟着屋场里的婶子们、嫂子们一块去,婶子们、嫂子们可不会等她,只有翠平去等她们的份。走五六里山路,才能到达那座山头。人小、镰刀重、茅草硬,翠平握镰刀的右手常常起血泡,左手则被带刺的荆棘剐伤。割时困难重重,把茅草挑回家同样也不容易。去时两肩空空,还不觉得远。回时,肩上多了两捆茅草。上肩时觉得轻，越挑就越重。还要捆茅草的技术好，不然都不好挑。半路松了，还得重新捆。翠平稚嫩的肩膀常被扁担压得又红又肿。有时候肩膀被磨破了皮，只要一碰到，就会有一阵钻心的痛。

猪草也不好打。田是生产队里的，大部分的土也是生产队里的。公家田里土里的，所种的一切是不敢动的，比如绿肥、红薯藤、土豆苗。只有野生的，才可以扯、可以挖。猪菜打得少，是要挨骂的。她阿妈骂，阿婆就骂得更毒，有时还饿她的肚子。"一篓子猪草都打不满，还想吃饭。不给你两棍子，就已经是饶你了。"翠平是不敢顶嘴的，也不会哭。顶嘴只会招来她阿婆更狠的骂。哭不管用，她阿婆才不会因为她哭了，就给她饭吃。中饭没吃，下午空着肚子还要去打猪草，即使是铁人也会受不了的。翠平戴着斗笠、披着蓑衣，被雨打湿了的猪草、猪草篓子沉甸甸的。有时翠平自己都不分清，脸上流的是雨水还是泪水。

在其他人面前，翠平是从来不哭的。阿婆骂，不哭；阿爸打，不哭；饿她的肚子，还是不哭。生产队里的大娘、婶子们都咂舌。"没见过这么忍得的娃儿。将来长大了，不管嫁到什么人家，肯定是不会跟家娘吵嘴骂架的。"

春末夏初的油茶树上结有一种果子，俗名叫"茶泡"。茶泡虽不经饱，却能顶一阵子饿。那茶泡对乡里娃子们的诱惑，是不消说的。没哪个娃子见了油茶树上有茶泡，不会爬树攀枝去摘。翠平就是爬到树上去摘茶泡，由于没踩稳，一失脚从树上摔下来的。一朵娇嫩的小花，被风吹折了，做了一个垂直运动，砸在一块石头上，溅起了无数朵鲜红的血花。

听到翠平的死讯后，在公社中学读寄宿的兰和梅都赶回了村子。她俩不约而同地在公社唯一的那家饭店里买了翠平尝都没尝过的包子、油条、花卷，轻轻地放在翠平的坟头。梅哭了，兰也忍不住哭了。

细 香

细香的肚子是越来越大了。

从前面看，就像扣了一口炒菜的锅子；从后面看，细香的两只脚分得很开，活像一只鸭婆子。

只有在他们自己的房里，就她和她男人两个人的时候，她才会想站就站，想坐就坐。出了房门，在别人的眼里，哪怕那个人是她的公公婆婆、小叔子小姑子，她都是尽量瘪着肚子、缩着肩、弓着背、夹紧屁股，俨然一副害臊的样子。

害臊？为什么要害臊啊？女人家结了婚、怀孩子、生孩子是再正常不过的事，而且是一桩值得庆贺的事。细香干吗要藏藏掖掖，好像做错事的样子？

唉，错就错在他们是未婚先孕、奉子成婚的。当然，罪魁祸首是细香的男人。

在细香生活的那个年代，虽然未婚先孕已不是什么十恶不赦、要浸猪笼沉潭那样严重的事了。但还是为纯朴的乡民们所不容、所不耻。好在她的公公婆婆都是老实人，并没有在意这件事。该给细香多少礼金、该打什么金银首饰、该置几身衣服，一样都没有少。结婚时的酒席、场面也铺排得热热闹闹，让人挑不出毛病。

那些来喝喜酒的亲戚朋友，可就没有这么厚道了。有一些爱挑事的娘儿们，唆使小孩子去掀细香的衣服，让细香当时就下不来台。细香虽然穿红戴花儿，但脸上怎么撑也撑不起一个新娘子应有的喜气。

小叔子小姑子少年意气，觉得细香让他们丢脸了。虽然不敢明里对细香口出怨言，暗地里恨不得给细香使绊子，让她摔一跤。他们对细香板着脸，从没有亲亲热热地叫她一声嫂子。

至于那些左邻右舍的大娘、婶子、嫂子就更不要说了，她们不屑于和细香说话。好像和细香说话，她们也跟着掉价了似的。此时的细香悔得肠子都快青了。她不敢出房门，更不敢出家里的大门。她成天低着头，好像犯了罪似的。她不敢大声说话，更不敢放声大笑。

男人急坏了，他担心细香这样会影响胎儿的发育和生长。于是，他端出一副做大哥的身份，训斥弟弟妹妹。在细香面前，更是极尽安抚体贴之能事。细香临盆那日，男人慌脚鸡似的去请接生婆。婆婆烧水做准备工作，小叔子小姑子也紧张地站在细香的房门外，等着细香生下孩子。

接生婆来后，经过一番细心的检查，说胎儿的位置不正，细香身子骨又太弱。生产怕是有困难，弄不好大人孩子都难保。男人听后，如同软骨人似的一屁股瘫坐在一把凳子上，他的嘴里喃喃地念叨着，是我害了细香，是我害了细香。细香的婆婆倒是十分镇定，她一边骂儿子，说："这阵子后悔有什么用？想办法救人才是。"她从后边扶起细香，把细香抱在自己的怀里，柔声细气地对细香说："孩子，你要坚强点儿。做女人的都要过生产这一关，我喂了那么多鸡，都是给你生产之后杀来给你吃的。你是个好孩子，观音菩萨会保佑你平安的。"

细香弱弱地对婆婆说："我死了倒好，省得生下孩子后，还要被人指指点点，还连累你们在别人面前也抬不起头来。"

婆婆就扯开嗓门说:"你是我家明媒正娶的媳妇。你肚子里的孩子,是我儿子的骨血。哪个以后还敢对你说三说四,我就和他拼了这条老命。"

两行清泪,无声地从细香瘦瘦的脸上流下。

一阵阵痛,如同河里涨水的浪一样,一浪赶着一浪向细香涌去。她先是咬着牙忍着,后来就喊出了声。她一只手紧紧地抓着婆婆的手,另一只手紧紧地抠着床沿。汗如同春天发的豆芽菜似的,密密地从细香的额头上、脸上拱出来。

阵痛过去,细香闭了眼睛休息。男人则拿块毛巾,给细香擦汗。一个小时又一个小时过去了。细香喊痛的声音,一次比一次弱。脸上的颜色越来越难看,接生婆的脸上则出现束手无策、无力回天了的神情。

绝望逼得男人发猛了,他使劲儿扯自己的头发,用拳头狠劲儿打自己的胸部。牯牛一样地号着:"细香,是我对不住你,是我害了你啊……"

细香走了,带着力气用尽后的疲惫,带着对没能出生的胎儿的内疚,也许还有对生命的留恋,走了……

阿　莲

　　阿莲婚姻动得那个迟哟，二十三四的大姑娘了，还老龙船似的围着娘家的灶台打转转。

　　这让好强了一世的阿莲妈觉得很没面子，她恨不得随便在墟场里拖一个短头发的回屋做郎崽子，办个两三桌酒，把阿莲嫁了。

　　也不能怪阿莲妈有这样不负责任的想法。屋场里和阿莲一般年纪的堂兄弟堂姐妹，早就娶亲的娶亲、嫁人的嫁人了；结婚最早的那个，都生两个崽了，大的六岁多，都能帮着烧火喂猪了。

　　即便如此，阿莲一点儿都不急。她上山砍柴时唱"日出深山坳，晨钟惊飞鸟……"，下田唱"我们的家乡在希望的田野上……"，在屋门口那条小河里洗手洗脚洗衣服时唱"三月里的小溪，哗啦啦哗啦啦流个不停……"

　　屋场里有个平素嫉妒阿莲样样比她的崽强的婶子，总是在背地里说怪话："唱什么唱，唱了几年也不见唱出一个阿牛哥来。眼珠子长在脑壳顶上，也不拿杆秤来称称，看自己有几斤几两重。"

　　这个婶子啊，说话太刺人了，也不怕风会闪着她的舌头。要说阿莲的长相，算不得千里挑一，也算得是百里挑一了。单那怎么晒也晒不黑的肤色，就足以让阿牛哥们的眼珠子里冒火星了。阿莲不仅长得好看，做事还是一把好手。上山挑得百斤担，下田不怕沙虫和蚂蟥。扯秧、插田、割禾那个快哟，都赶得上风吹落叶了。很多姑娘家很少做的喷农药，阿莲就不怕，她大口罩一戴，农药桶往背上一背，脚往禾苗齐膝高的水田里一走，那些躲在禾苗里面的害虫都要抖三抖。不只阿牛哥们要心动，就连阿牛哥们的阿妈们都要心动的，是阿莲有一门来活钱的手艺。阿莲是十里八寨唯一的一个女油匠，读高中时，她跟着美术老师学了两年的画画，和那些只知道漆棺材用黑色、漆马桶用红色的土油匠不同，阿莲懂得颜色的搭配，画的图案也远比那些土油匠画得好看。因此，那些要娶媳妇、要嫁女儿的人家，宁愿多等些时间、宁愿花高工钱也要请阿莲。弄得阿莲农闲时节冇得闲，十天半个月落不得屋。

屋场里那些还没娶亲的堂兄弟那个恨哟，恨自己为什么要和阿莲姓着同一个姓，只能眼巴巴地望着一块喷鼻香的大肥肉却不能夹进嘴里，白白地便宜了外姓的小子。

然而，阿莲的便宜却不是那么好捡的。她的眼光很高的，那些靠关系在公社的某个部门谋了个一官半职的半脱产干部，她看不上；那些头脑简单、四肢发达，只会在田里土里出蛮力的子弟，她看不上；那些高中毕业、没考上大学，自以为肚子里有点墨水，不愿意干农活、又不会动脑筋想办法改变现状，只会怨天怨地怨爷娘的回乡青年，她更看不起。有时候，媒人热络络地带了人来相亲，屁股还没坐稳，她不想听，顺手拿起一把锄头或一根扁担，不打一声招呼就出门去了。

正因如此，阿莲也得罪了不少人。尤其是那些自以为条件和阿莲相当、满怀希望在媒人的陪同下来相亲，结果却灰头土脸、失败而归的人，难免不怀怨造谣说阿莲的坏话，说什么"名声在外，其实不副"了，说什么"刚性有余，温柔不足"了，还有更损的，竟诬蔑说阿莲有暗病。这些话传来传去，传到了阿莲的耳朵里。阿莲听了，不气不恼、不急也不怕。原来是什么样，还什么样。她既不赶着对说媒的热，也不肯降低她选对象的标准。

　　姻缘天注定，阿莲去嫁到某村的堂姐家玩，恰巧堂姐夫几个玩得好的也在他们家玩，其中一个叫阿舟的和阿莲对上了眼。阿舟也是高考失败者，但他没有和其他的回乡青年一样怨天尤人，而是去新华书店买来不少书，通过自学，他掌握了修电器的技术，在墟场里开了一家电器修理铺。因为阿舟收费合理、为人和气、技术好，生意很不错，一天到晚，铺子里是人进人出。

　　这正对了阿莲的脾胃，无须人牵线搭桥，两个人就自由地恋上了。去墟场的公路上，墟场里的小饭馆、冷饮室、新华书店、百货店、电影院，都留下了他们浪漫的甜蜜的身影。阿舟的电器修理铺，是他们约会的起点和终点。阿舟热情地接待顾客，或认真地修理电器，阿莲或打帮手，或笑微微地看阿舟拆呀、装呀，找这个找那个零件。

　　可能是阿莲的白净，显得年龄小，使阿舟以为阿莲年龄和自己差不多，而阿舟的黑和老成又让阿莲以为阿舟和堂姐夫的年龄相差不多。有一天，当阿莲知道阿舟比自己小了四岁，比那"女大三抱金砖"的好话还多一岁时，她犹豫了。她的心里就跟装了十五只吊桶似的七上八下，几次想开口跟阿舟说，话到嘴边，又吞口水似的吞回肚子里去了。

　　其实，阿舟早就知道了。他不说，也是怕阿莲有顾虑。好几次有意无意提到他们家的亲戚中，哪个舅舅比舅妈小，哪个姑姑比姑爷大，堂兄弟、堂姐妹中也有谁是女方大男方小的。他们相处得都很好，一点儿不比男人大女人小的公婆差。

　　没想到阿舟的一片好心，反让阿莲误会了。以为阿舟说他家亲戚中女方年龄大男方年龄小的公婆，是故意刺激她。一气之下，她就不理阿舟了。于是，阿舟托人带口信，请阿莲和他一起下县城去进零件，阿莲不去；通过邮局寄表白心迹的情书，阿莲不回；他亲自上门，阿莲也躲着不见。

阿莲的堂姐也指责她说："你好不容易碰到一个中意的，人家都不介意你比他大，你怎么反倒作起怪来。你都二十七了，过了这个村哪里去找这样的庙？"

阿莲的妈更是跳起脚来骂她："你是糊涂油蒙了心，鬼打了脑壳吗？放着阿舟这么好的对象，你还挑三拣四，你是想做一辈子老姑娘吗？"

堂姐的一通话、阿妈的一顿骂，使得阿莲更没了主意。她回想起离开学校后的这十多年，开始几年，媒人一个接一个地上门，几乎要把家里的门槛踩破。慢慢地，来的人就越来越少，阿妈的脸色也变得越来越难看，屋场里大娘婶子们背后说的话就越来越难听，再不是她挑别人，而是别人挑她了。而阿舟除了年龄比自己小这一条外，各方面都是一个合适的结婚对象。如果错过了，怕真是如堂姐所说，再难碰到这么合适的人了。阿莲思前想后，决定放下所谓的自尊，诚心诚意和阿舟继续交往下去，直到瓜熟蒂落。

于是，一对解开了心结的恋人，又欢欢喜喜地携手走在恋爱的路上。

长发婶子

小时候，屋场里的大人子，我最怕的是长发婶子。

怕她老远见了我就喊："崽啊，你怎么又出来玩了？有野狗子会咬人哩。快跟阿妈回家去。"

怕她拿几块发了霉的红薯干硬往我的荷包里塞。崽啊，我今天吃酒去了。桌上有一碗糯米丸子，我知道你喜欢吃，特意兜进荷包里，带回来给你。

怕她冷不丁从后面抱住我，乌黑嘛叽的手，弄脏了我干净的花花衣，怕她……

屋场里和我一般大的伢子、妹子都不怕她。一看见长发婶子，就嬉笑尖叫："癫婆子来了，快来看癫婆子。"

还有更顽劣的，对着长发婶子吐口水，捡了小石子去打长发婶子，边扔嘴里边喊："打癫婆子啊。"

也有明知道我害怕长发婶子的，故意吓我。正玩着跳房子或跳绳子呢，人堆里突然有人喊："癫婆子来了，快跑啊"。他们都没跑，就我跑了。

我哭着跑回来，跟阿妈撒娇。阿妈撩起她的围裙替我擦眼泪："崽啊，你不要骂你长发婶子，她是个造孽的人哩。"

长发婶子原来不是这样子的。她刚进门的时候，要身架子有身架子，要脸模子有脸模子，头发梳得匀匀整整，衣服穿得直直溜溜，羡慕得屋场里那些娶了老婆和没娶老婆的老少爷们，眼珠子都要从眼眶子蹦出来。长发叔看长发婶，那是看心肝肉一样，夜夜看不够，日里还要拴在裤腰带上才好。生怕他一眨眼的工夫，哪个不长性的爷们就会偷了去。长发婶子长了一副好模样，还长了一副好脾气。长发叔用手圈着她也好，用嘴巴圈着她也好，用眼睛圈着她也好，她都不怪不发气，还很喜欢的样子，脸上整天挂着笑。

后来，长发婶子有身孕了，长发叔越发娇贵她。不仅不让她出工，连做饭、喂猪、扫地、洗衣服都不让她做。长发婶子怕不摇不动，到生的时候难，就偷着躲着做事。长发叔一得空的时候，也和现如今的城里人一样，牵着长发婶的手，在村子里铺了大青石板的路上散步。那些碎石子路、坑坑洼洼的泥巴路，也是不让她走的，怕闪了她的腰哩。

眼看着长发婶子快要生了，长发叔屁颠颠地把接生婆请到家里。接生婆说还早哩，才开了一指哩，她回去把该用的东西准备好了再来也不迟。长发叔说啥也不让接生婆走，憨憨地赔着笑。说等娃儿生下来，给她双倍的红鸡蛋。

被长发婶自己料中，她生得那个难哟，比屋场里有些老娘们生三个还慢。数九寒天，长发婶额头上的汗珠子如同发的豆芽菜，小娃儿还在她的肚子里，不肯出来。接生婆也出了一身汗，又是推又是送。女人生孩子哟，真正是儿奔生、娘奔命哩。屋场里也有平日看不惯长发叔对长发婶好的老娘们，背地里称意，以为自己怀的是龙胎凤胎哩。

小娃儿终于生出来了，眼睛眯着，脸紫着，半天不哭。接生婆在小娃儿的屁股上拍了几下，小娃儿才细细弱弱地哭了两声。长发婶躺在床上，新生的娃儿躺在她的身边。喂奶、换尿片子的时候，长发婶子手脚那个轻轻细细哟，生怕她的手指、手指甲、身上的骨头会碰痛了娃儿的细皮嫩肉。娃儿的尿片子搭满了一屋子，凳子上、椅子的靠背上、床杆上，到处都是。还有一个大火笼，罩子上面，时刻都熏着湿答答的尿片子。

娃儿却不领长发婶的情，就好像他只是来这个世界打个转身一样，月子还没出就离开了人世。长发婶那个哭哟，硬心肠的爷们听了，眼睛也要跟着发红的。崽啊，我狠心的崽啊，你怎么抛下阿妈走了啊。

后来，长发婶子又生了几个，但是都没有长过半岁就夭折了。隔一年两载，长发婶子就要伤心伤肺地哭几个月，直到再怀上为此。尤其是夜里，长发婶哭得那个凄苦、悲惨，听得人是要汗毛直竖的。长发婶子的最后一个娃儿，和我同年同月生，她在月头，我在月尾，也是不到半个月就死了。娃儿死后，长发婶子人就有点儿痴痴迷迷。当我的第一声响亮的啼哭划破村子的宁静的时候，长发婶就像一头母狼一样地冲进了我家里，从接生婆的手里抢过胎血未干的我。"我的娃儿，是我的娃儿。"从那以后，长发婶子就癫了。

长发婶子癫是癫了，但不骂人不打人，还是和先前一样地好脾气。就是那几个最顽劣的伢子，长发婶子都没有对他们凶过。只是整天一张苦瓜脸，失了魂似的在村子里游来游去，披头散发，不梳不洗。屋场里心慈的阿婆见了，总说老天没长眼哩，硬生生把一个好女人给折磨癫了。就连曾经说过长发婶子怪话子的娘们，见了长发婶子，都难过地扭过头去。长发婶子清醒的时候，对家里的百事都不上心，对屋场里的细伢子、细妹子，却比细伢子细妹子的阿爸阿妈看得还要紧。那些细伢子、细妹子也鬼精，掌握了长发婶子的心思后，有自己做不到的事，都会去找长发婶子。长发婶子总是有求必应，哪个伢子、妹子哭了，她从荷包里拿吃的东西去哄。伢子妹子打架，她会很着急地去拉开这个，拉开那个。屋场里哪个娘们有事要出门，都会很放心地把娃儿交给长发婶子去带。

　　这让我十分想不明白。长发婶子是癫子哩，怎么反比屋场里不癫的大娘和婶子对细伢子细妹子好？有几个大娘婶子，别说对别人家的伢子妹子好，就是对自己的亲骨肉，还时常不耐烦。

　　记得屋场里一个比我大十岁的堂姐说过这样一句话："能做长发婶子的娃儿，就做十天半个月，也是好的。"虽然我至今都不知道长发婶子的娃儿是得了些什么病死的，又为什么生了六个，都没有一个活下来。但我可以肯定，长发婶子是我见过的最爱自己的孩子、最有母性的一个女人。

月娥叔婆

月娥叔婆是一个脾气古怪的人。

你很难见到她脸上有笑容。一年四季、春夏秋冬，她都是眼角朝下，嘴角朝下，耷拉着一张脸子。好像她有一肚子的委屈、心事，无人可诉，无处可发。你也很难听到她主动和村子里的人打招呼。好像村里每一个人都和她扯过皮、吵过架，都隔了仇似的。又好像每一个人都借过她的钱、借过她家东西没还似的，没有一个好脸色给人。即使是我们这些小她两辈的娃崽喊她，她都是爱搭不理的。

大人们不去她家串门子，那些平日里说东说西、闲嗑牙的娘儿们，宁愿去逗弄三两岁的娃儿，也不愿去招惹叔婆。娃儿们也是不敢去她家的，玩躲猫儿的游戏，那扮猫儿的人找来找去找不到，情急之下闯进了叔婆家。若是叔婆在，则吓得一吐舌头，火烧鸡似的转身而去。

叔婆的这个脾性，也传给了她的两个孩子。那顺子叔本就生得有些笨气，再加上一张撬也难开的嘴，给人感觉木里木气的。玉姑姑长相一般，却有一张非洲女人的厚嘴皮子，也是一个不爱说不爱笑、不招人喜的主。

平日里，还不觉得叔婆家和别人家有所不同。一到逢年过节，差别就会凸显出来，别人家都是大人喊、小娃儿叫，欢天喜地、热热闹闹的。唯她家关门闭户、冷冷清清，好像没人在家似的。大过年的，不见顺子叔、玉姑姑出去拜年，也不见有人来给叔婆拜年。

一年一年，叔婆家过的日子，就跟没有进口也没有出口的水塘子，水平如镜、水底也无任何涌动，沉闷又无生机。有风儿从水面掠过，泛不起一点涟漪；有顽皮的娃儿向塘里扔石子儿，依然溅不起任何水花。

倘若，倘若没有顺子叔、玉姑姑的长大；倘若，倘若这世上没有男大当婚、女大当嫁这一条。叔婆他们一家三口的日子，就没什么可以讲的了。因为他们虽然都不爱说话，不怎么和村子里的人来往，但他们实在都是很老实本分的人。只有别人占他们的，没有他们讨别人的巧的。不管是谁家里的鸡、猪和他们家的鸡、猪争食，还是谁家的猪、鸡糟蹋了他们家菜园子里的菜，他们都是一声不吭，从没有过为这些事，和哪家扯皮的。

也不知道为什么，那些个走村串寨、东家进、西家出，不知挣了多少男方家里的礼钱，得了多少女方家里的鞋面子布的媒婆子们，却无意挣叔婆家里的礼钱，得叔婆家里的鞋面子布。别说主动帮顺子叔玉姑姑牵线搭桥，就有那远地方不知情的人家找上门，他们还推三推四的。

这可如何是好呢？在七十年代偏僻的小山村里，正当的男男女女之事，主要还是靠媒婆子们那一张巧舌如簧的嘴哩。如果她们不给牵线搭桥，这婚姻它就动不成哩。

叔婆急了，她顾不得自己那张老皮老脸了，四下里悄悄求人呢。好在村里那些个长头发的娘儿们倒不怎么记事儿，收了叔婆的几棵白菜、一把豆角、一碗糯米饭、几枚鸡蛋，说话的口风儿也就转了。还有那原本就打心眼里同情叔婆一家子的，更是四处里帮着张罗。

玉姑姑是往外嫁，叔婆的丑脾气碍不着男方人家什么大事。怪只怪玉姑姑自己那张总像受了冤枉似的没有笑容的脸，贴了胶布似的嘴。左一个右一个来相亲的，都是高兴而来，扫兴而归。后来是一个丧了偶的男人，也没有托媒婆子，自己上门提亲。玉姑姑先是不肯的，后来又肯了。

顺子叔本身的条件还是过得去的。无奈叔婆丑脾气的名声太大了。女娃儿们害怕，女娃儿们的娘也不想和叔婆那样的人对亲家。那些媒婆子，锣是锣、鼓是鼓地狠敲了一阵子，也没能定下一个音来。

有人给叔婆出主意，说是远远地找去，更山的地方找去，那不知根底的人家，单见了顺子叔壮实又老实的模样，八成是会肯的。只是先不要让人家看到叔婆苦瓜似的、没有笑模样的脸。

有点子哄人似的，就有一个媒婆带了一个山里的女娃儿及女娃儿家的姨、嫂子来相亲。叔婆是事先躲到玉姑姑家去了，她的身份则由村里另一个年龄和她相当的叔婆来扮。

少不更事、才进校门读了两天书的我，觉得这是骗人的事、极不光彩的事。气愤愤地单等着那女娃儿一来，就要去告诉她真相呢。

从没有动手打过我的阿妈，扬手就给了我一个老大的耳刮子。你以为认得了两个字，就什么理都懂了是吧。你可晓得你叔婆这辈子吃了多少苦哟。二十几岁就守寡，一个年纪轻轻的妇道人家又当爹来又当娘，苦巴巴地拉扯着俩孩子，山里、土里、田里刨食。女人家洗洗晒晒、缝缝补补、喂猪、烧饭的活儿是她，男人家下田牵牛、上山背柴的活儿也是她。有那没人心的轻薄之人，还欺她孤儿寡母。半夜里爬围墙，学猫叫、学狗叫、扔石头、拍门、打窗，吓得她夜夜睡觉闩门，把她家那口大水缸顶在门后。还有那心眼儿比针孔还小的娘儿们，自家男人顺手帮你叔婆干了点儿活，轻的在家里指桑骂槐，说自家男人没安好心，想偷嘴，泼的就骂上门去。也有那吃了饭没事干爱嚼舌根的人，说你叔婆不肯改嫁，并不是什么贞孝节烈，而是和屋场里的某某相好，舍不得分开。你叔婆为了躲这些是非，不得已收了笑，闭了嘴，锁了心。几十年低头弯腰、闷葫芦似的过日子，岂是容易的！告诉你听，你要敢跨出门一步，我打断你的腿！

叔婆却又半道打转了。叔婆说，如果顺子叔中意那女的，女的也相中了顺子叔，以后见面的日子还多。瞒了初一，还能瞒十五？人家要实在嫌弃她老婆子，她就和顺子叔分家过。

那女方倒是没嫌顺子叔的木讷，也没有嫌叔婆的苦瓜脸。只是那女的不太灵光，两只眼直愣愣地瞧人，也不知拐弯儿。嘴张着时，还有那哈喇子从嘴角流出。顺子叔十分不愿意。叔婆劝他："顺子啊，好歹是女的，也不缺胳膊少腿，能生养不让绝了后就成。"

顺子婶进门后，烧火、淘米、喂猪、扫地、洗衣服，这些活儿虽然都会做，就是慢了些。如果是那急性子的人见了，是要两眼冒火的。至于两口子是否你恩我爱，就只有天晓得了。反是叔婆，对顺子婶很是包容。不管她做快做慢、做好做坏，都由着她。一家三个大人，依旧是少言少语地热闹不起来。

来年，顺子婶有了身孕。足月后，她生下了一个胖嘟嘟的小小子。顺子婶不会带，换尿布、换包裙、把屎、把尿什么的，教了一遍又一遍，她就是学不会。叔婆没法子，只喂奶的时候，把娃儿塞到她怀里，白天、晚上都是叔婆带着。眼见着娃儿会笑了，咿呀学语了，摇摇晃晃会走路了，奶声奶气地喊叔婆阿奶了，叔婆笑了。

然而好景不长，顺子叔去高山放树，山上山下的人没有通好气，一根剥皮去了枝杈的杉木呼啸着将顺子叔从半山腰一路撞到山脚下。

顺子叔走了，这一家三口的生活担子，就全落到叔婆的肩上了。顺子婶那个傻婆娘，除了在顺子叔的丧礼中，被娘家的人教导着，掉了几滴眼泪之外，似乎并不怎么知道死的含义。依旧直愣愣地瞧人，张了嘴流口水。

叔婆要出工，要上山打柴，要去田里挖猪草……叔婆的头发由花白变成全白了，背弯了，话也更少了。唯有那一日日见长的孙儿，给叔婆一点儿安慰。

老天却要连那一点儿安慰，都要夺走叔婆的。叔婆出工去了，顺子婶那个傻婆娘带着娃儿去河边玩。河里涨水，娃儿去捞水面上漂着的菜叶子，无情的河水将娃儿拉进肚里去了。傻婶儿去拉娃儿，也被河水拉进肚里去了。

叔婆没哭，任由村里的人帮忙把娃儿和傻婶儿埋了。玉姑姑要接叔婆去她家去住些日子，叔婆也不去，每日里什么事都不做，只是坐在那河边发呆。有时半夜醒来，会听到叔婆发瘆的声音从河边传来："我的乖孙儿，你回来呀，阿奶想你……"

已经变浅了的河水，静静地从叔婆的脚边流过。也许河水看到叔婆那痛不欲生、万念俱灰的样子，宁愿自己再发威一次，把叔婆也拉进它的肚子里吧。

三叔婆和她的大媳妇

　　三叔婆和花婶子那个不相生哟，像是前世的冤家死对头似的。同进一家门，竟是来结前世的冤仇似的。

　　叔婆没有亲闺女，小叔离娶亲又还远着，头一个媳妇进门，该是不知道要怎么样喜欢高兴才是。花婶儿也是让人想不透，阿妈死得早，阿爸又不曾续弦，父女俩相依为命一二十年。虽然阿爸视她如心肝儿肉，如父亦如母，到底还是缺了阿妈的疼爱。如今进了婆家的门，又遇着家娘是一个没亲闺女的，就该视家娘为亲娘才是。

　　偏就两个本该相亲，本是很容易相处好的婆媳俩，弄得第一次照面，彼此就没有好印象，互相在心里结了疙瘩。

　　叔婆看花婶儿，从头看到脚，没一处是顺眼的。先是狐媚子似的一张脸，把儿子迷得晕晕乎乎。新媳妇长得漂亮迷人，本不必太过责怪。如果花婶子脾气和顺点，不那么带刺的蒺藜似的，说一句回一句，说五声回十声，叔婆也不会那么挑她的眼。脸长得好看有什么了不得，又顶不得饭吃，当不得衣穿。横不能拈针竖不能拿线，打双鞋底，那针脚儿弯到天上去了。没鞋样子也就算了，一个冬天还做不出一双鞋。我的柴担子，怎么扔怎么丢，都不会散架子。她的倒好，走不了两里路，就穿了肚子。

花婶子看叔婆，看到骨头缝里去了，也没有看出叔婆的一点儿好。既然看不得儿子对媳妇好，就别给儿子娶媳妇啊。没见过这么厉害的家娘，多吃一碗饭也不高兴，恨不得眼里能长勺子，把人家已经盛到碗里的饭再舀回饭甑里去。炒菜舍不得放油，几滴油蘸锅，那菜就是用水煮出来的。肚子里没油水，能不饿吗？都是你肠子里爬出来的，怎么把小儿子看得那么重，单送他去读书，重活累活不让他沾边儿，大儿子连学校的门向东向西都不知道，把他当牛作马一样使唤。

既是媳不称婆心，婆不合媳意，吵嘴、骂架就难免了。两个又都是薄嘴皮儿、话篓子，对吵起来的时候，跟唱戏一样热闹。三天敲小锣儿，五天擂大鼓儿。屋场里的人都当笑话儿看。说三叔婆，本来挺聪明一个人，对三叔公前妻的闺女还知冷知热，生怕落了旁人的眼，可是对自己的媳妇，她反倒是丁是丁、卯是卯，眼里掺不得半点儿沙子呢。说花婶儿，没见过这么做人家的媳妇的，八成是在娘家被老子娘惯坏了。

吵架没好嘴，打架没好手。吵得多了、久了，两个原本心眼儿都不坏的人，互相都生了怨怼之心。叔婆的心凉了、硬了，花婶儿的心也凉了、硬了，都嚷着不在一个灶上过了，要分家。叔婆直眉直眼地跟儿子说，要他们两口子搬出去住。花婶儿则跟男人吹枕头风，要他们两个另起新灶。

"乒乒乓乓……"叔婆要东厢房，花婶儿要西厢房，真就分起家来。叔婆说，小儿子也要娶媳妇的，娶花婶子花了多少，就要给小儿子留开多少。花婶儿不愿意，于是说："她男人十几岁就在生产队里出工、挣工分，什么老婆本都挣下了。小叔子六七岁就进了学校，从小学读到高中，都是吃闲饭，帮家里做过什么，他念了一肚子的书，还怕娶不到老婆？"

一个要留，一个不肯，这家自然分不下。虽然吵得鸡狗不宁、满屋场的人都知道，最后还是在一口锅里喝水，在一张桌子吃饭。

花婶子害喜了，嘴巴那个馋哟，酸菜根、伏大蒜、生黄瓜、硬蚕豆，凡能进嘴的东西，都成了美味珍馐。

叔婆跺脚懊悔，没有让步把家分了。分了家，花婶子怎么个胡吃海吃，哪怕把屋顶的瓦揭了卖了吃了，也不关她的事。

花婶子可不管叔婆有多心疼那些能变钱的瓜果蔬菜，还是钱变来的副食品，想吃就吃，只要肚子里塞得进，就不管三七二十一往里面填就是。她也不爱动，连扫个地烧个火都懒得伸手。肚子长得那个快，六七个月的时候就顶着胸口了。

凭着自己过来人的经验，三叔婆肯定花婶子生产时会很困难。也不管花婶子爱听还是不爱听，喊着叫着凶着要花婶子多走多动。

花婶子不听三叔婆言，生产时果然吃大亏了。生了两夜一天，把嗓子都喊哑了。如果不是叔婆果断，及时送去公社卫生院，花婶子哪里还有命喝叔婆炖的鸡汤。

养儿不知娘辛苦，养女方知报娘恩。从鬼门关里打了一个转身的花婶子，是深深体会到了做女人的辛苦。加上紧要关头，又是叔婆当机立断，才保住了她们母女平安。跟命比，原来那些怨那些气又算得了什么呢？

三叔婆则在花婶子痛不过，死死抓着她的手喊娘的时候，就真心实意把花婶子当自己的亲闺女看了。招呼花婶子坐月子，就跟亲娘招呼亲闺女一样的。吃的更不用说，什么甜酒煮鸡蛋、黄花菜炖鸡、猪脚汤下面条。娃儿也是叔婆带着睡，只在娃儿哭了的时候，给花婶子送去喂奶。

女娃儿也招人爱。因为在花婶子肚子里长足了，虽是月子里的毛毛，倒像是有好几个月大。女娃儿看起来胖嘟嘟的，脸上、手上、脚上都有窝窝。叔婆那个喜欢哟，比四十岁得的小儿子看得还重，连做事都要背在背上。

花婶子喊叔婆:"阿娘,你让她躺在床上吧。你一个人忙进忙出的,已经够累了。小囡别带得太娇了,太娇了反不好养。"

叔婆笑:"她一个月子里的毛毛,能有多重,哪里就累着我了。你安心坐你的月子吧。如果女人月子没坐好,是要落下一些病根的。"

花婶子撒娇说:"阿娘,我听说娃儿要天生天养,才好成人。你把娃儿看得这么金贵,怕娃儿福薄,受不住哩。"

叔婆不乐意了:"我还没有你晓得怎么带人?我的两个儿子是别人帮我带大的啊!"

花婶子见叔婆拉长了脸子,赶紧闭了嘴。只在心里求菩萨保佑,别让什么山猫山神来吓唬娃儿。

山猫山神近不了娃儿哩。叔婆把娃儿看得紧紧的。给娃儿戴缀了好多银菩萨的帽子,亲手做绣了虎头的软底鞋。娃儿贴身穿的小裇子,是用大红绸做的。就连包裙,都是用上好的布缝的。初一、十五在祖宗的牌位前烧香,念的都是要列祖列宗保佑娃儿平平安安长大。

花婶子放了一百二十个心。又乐得做个轻松的娘。嘴里则卖乖,人前人后总说叔婆的好。阿娘阿娘不离口,叫得叔婆心里跟喝了蜂蜜水一样的甜。

喝了蜂蜜水的叔婆,张罗着要给小叔娶媳妇了。小叔眼高,有模样,没念什么书的,看不上;有文化,模样儿差点儿,也看不上。一年小,两年大,眼看着小叔就是三十岁的人了,媳妇还不晓得在哪一方。叔婆那个愁哟,都快愁成一个癫子婆了。

花婶子也跟着叔婆一块急。一回又一回,找做姑娘时的姐妹帮小叔介绍对象。她的姐妹笑她:"你有蠢啊。你小叔子晚娶媳妇一年,你们就能多占一年的好处。他娶了媳妇,你们就吃他的不到了。"花婶子叹气说:"做人不能这么没良心。我家娘都快七十岁的人了,说得不好听点,黄泥都埋到下巴骨了。长嫂为娘,我为小叔操点心，也是应该的。"

皇天不负有心人。

在相了无数次亲之后，小叔终于和一个姑娘互相对上了眼。哥看上了妹，妹也看上了哥。姑娘也是高中生，也是眼界高，一年短、二年长，成了大龄女青年。他们都不想把谈对象的时间拖得太长，两边的大人更想早一天了去一桩心事。看屋场，打结婚证，定日子，过礼，跟打战似的。

小叔紧张，叔婆紧张，花婶子也紧张。小叔紧张，好理解。叔婆想起花婶子进门没多久，就针尖对麦芒似的和自己对上了。两个人斗眼鸡似的斗了几年，花婶子则想：老弟嫂是有文化的人，她会不会看不起自己这个没有进过学校门的大嫂呢。婆媳两个都在心里打着鼓，又都不好意思讲出来。

明天，明天小婶婶就要进门了……

路路长，扁担长

一

"柞树湾、柞树湾，柞树湾有一个张阿娘，崽女养了八九个，一个一个不简单，铁算盘打进不打出，八十岁的老娘冇人管。"

一个五六岁的细妹子，剪着妹妹头，脚穿一双崭新的棉鞋，在玩跳房子的游戏。她叫满妹，是家里的老满，她的哥哥姐姐比她大十多岁，没人陪她玩，她只能自己跟自己玩，跟屁虫似的跟着她阿妈。

农闲，天冷，还下着雪，生产队里不要出工，也打不了柴、扯不了猪草，所有的大人都在家里猫冬了。满妹阿妈闲不住，也闲不了，一家子的棉鞋，全靠这段时间赶。今年比往年更赶，满妹的姐姐大妹，定了出嫁的日子了，是腊月十八，送男方那边的鞋子，也要阿妈做。大妹不会做鞋子，这不，吃过早饭，洗了碗筷，她就拿出一双没纳完的鞋底来纳。

满妹见阿妈坐在饭屋里纳鞋底，就拿了一支白粉笔在地上画格子。满妹画的线不直，那本应该大小一样的方格，有的大有的小。满妹也顾不得，从口袋里掏出一串算盘珠子，就一个人玩起跳房子的游戏，跳着跳着，嘴里就念起了不知从哪里听来的顺口溜。

满妹的娘很瘦，一杆只能称八十斤的秤，称她怕还有多。四十出头的人，看上去倒像是五十好几了。她手上拿着的鞋底却很厚实，钻子钻了几次，就要在头发上刮两下。右手掌上，尽是红红的钻子把印子。本是低着头的她，听到满妹念什么"柞树湾"，就停下手，说了一句："满妹，你长大了，是不是也会像张阿娘的崽女一样，不养我，不管我呢？"

满妹听娘这么问她，打着飞脚走到娘的身边，抬起右手放在自己的胸部，说："阿妈，我有本心呢，我的本心在这里，不在背上。平日，满妹的娘逗满妹，说对爹娘没本心的崽女，本心长在背上。"

娘装着很认真的样子问满妹："满妹，你的本心有好长？有阿妈手上的这条苎麻线长吗？"

满妹就尽量打开她的两只手，比画着："阿妈，我的本心有这么长呢。"

娘表现出一副很吃惊的样子。满妹啊，你的本心就这么长啊，还没有阿妈挑水的扁担长哟。

满妹歪着头想了想，然后转身跑出饭屋，从灶屋拿来了娘挑水的扁担，使劲地伸长了两只手去量，够不着，急得小脸都红了。

娘不说话了，眼睛从满妹的身上移开，移到对面的墙上。墙上有一个大镜框，框子里装了很多相片，正中间的是一张全家福：六个人，三个男的，三个女的。

满妹的眼睛也跟着转到了那张全家福上，看一眼全家福，看一眼娘，又转回来看看自己的手，然后就自以为很聪明地说："阿妈，等我长到阿姐两个阿哥那么大的时候，我的本心就有扁担长啦。"

娘就表现出一副很满足的样子："是哩，我满妹长大以后的本心就有扁担那么长哩。"接着在心里叹气，"要是大妹有满妹这么伶俐，我就不要操这么多心了。"

　　大妹是一个不爱讲话、做事慢，老实得别人夹了她碗里的肉也不敢去夹别人碗里的豆腐的人。正是出于这种考虑，爹娘给大妹选人家时，总是先打听男方的爹娘厉害不厉害，兄弟姐妹多不多，如果男方的爹娘厉害，家庭条件再好，也是不做考虑的。他们左选右选，最后选中了现在的这个女婿：爹娘早过世了，又没有兄弟姐妹，人一个，嘴一张。大妹嫁过去就当家，没公爹家娘恶、没小叔小姑讨嫌。

　　可是大妹却不满意，嫌男的太穷。"满妹，你不晓得，他家里什么都没有咘，只有几间又矮又旧的房子，碗也只有两个。阿爸阿妈不疼我，给我选一户这样的人家。"

　　娘开导大妹："大妹啊，你太老实了。公爹家娘厉害的，兄弟姐妹多的，你肯定吃不消，会受气、会受欺。这个家兴是个忠厚的人，会心疼你的。家里困难只是眼前的，你们两个都好手好脚，以后会好起来的。"

　　大妹还是不怎么积极，新嫁娘自己要准备的东西，她一概不管，全推给娘，情愿去担水、烧火、喂猪。

　　娘也不说大妹，只尽着家里有的，给大妹置办了一份像样的嫁妆。脸盆、桶子、碗筷、被子、箱子，凡居家过日子要用的东西，基本上都置齐了。

　　大妹不说多谢娘的话。出嫁的那天，娘舍不得，拉着大妹的手哭了又哭。大妹既没有表现出对娘的不舍，也没有一般新娘子的假哭真笑，听由满妹和几个远房的亲戚送亲，把她送到男的家里。

　　娘说对了一半，大妹的男人是很心疼大妹，心疼的结果是没有出一个对年，大妹就生下了第一个崽，刚好一个对年，又生下了第二个崽。两年生俩，谁带呢？大妹想不了那么多，也不会去想。生第一个的时候，是娘提着早蒸好了的甜酒，满满一篮子鸡蛋，四五只鸡，来照看大妹坐月子。生第二个到时候，娘把第一个接到家里去带了。

满妹只比大外甥大八岁，大八岁也是满姨。满妹去读书，得背着外甥一块儿去。上课，外甥哭，老师要满妹到教室外面去。同学指责满妹："你真是蠢得死，谁见过满姨背着外甥读书的，只有姐姐才会背着弟弟妹妹读书。满妹回到家就跟娘发气，不肯再背着外甥去学校了。"

娘只好自己背，做饭背着，挑水背着，生产队里出工也背着。屋场里的人说娘："当初你不信，只想着怕大妹受气受欺。现在好了，大妹不受气、不受欺，你自己受累。"娘也不吱声，抬起右手的衣袖擦额头上的汗，左手反过去轻拍背上的外孙。

爹有时也背，背着剁猪草，背着挖树蔸，背着出工。生产队里的人也笑："阿叔，冇看到你背着满妹做过事，现在倒背着外孙做事了。"爹笑着说："大妹的男人是我选的，是我定的，他们现在有困难，我当然得帮……"

二

全家福上不是有六个人吗？满妹不是还有两个哥哥吗？怎么大妹出嫁那么大个事，都没有看到他们呢？

原来，他们还是国家干部呢，吃国家的粮，拿国家的工资，帮国家做事。单位离家里好远好远，要坐八九个小时的客车。一年只有过年的时候回来，还匆忙得不得了，年下二十七八进屋，正月初六初七就要回单位。

爹和娘盼他们回来，满妹盼他们回来，连村子里沾一点儿亲的都盼他们回来。爹和娘盼崽回家，过年了，一家子团团圆圆的意思；满妹盼两个哥哥回家，是因为哥哥们会给她买好看的衣服、轻得跟纱一样的围巾，和公社的供销社也冇的卖的高级纸包糖，她可以穿着新衣服、系着漂亮的围巾、兜里装着大白兔奶糖，向小伙伴们显摆；村子里的人有的是爱热闹，有的是爱听城里的事情。

爹和娘的盼，是用行动表示出来的。他们老早就把满妹喂的几头鹅、十几只鸭杀了，用盐腌了，挂在灶膛上面的楼板上，等到两个崽回单位的时候，就可以取下来，给他们带走。城里的人爱吃乡里冷烟子熏的腊味，每年，爹和娘都要准备一些，给两个崽带去送同事、送朋友。他逢集必赶，买山香菇、笋干、冬笋，也是给两个崽带回单位送人情的。娘要准备的事就更多，搞卫生，洗铺盖，把家里打扫得收拾得跟旅社一样干净整齐。至于磨豆腐、蒸酒、做糍粑、炸馓子花根、炒瓜子花生，都要比别人家多做好多。糍粑也是山里土产，两个崽也是要带一些走的。馓子花根、瓜子花生，是正月间用来装盘子的。村子里来串门子的多，两个崽的同学来拜年的多，东西不够，盘子空了，让人家光坐，就不好了。满妹的盼，是用嘴巴念："阿妈，大哥怎么还不回来呀？""阿妈，二哥要哪天才回来啊？"

爹和娘的心情，满妹的心情，乡亲们的心情，都是可以理解的。两个在城里工作的人、当国家干部的人，是他们的骄傲，为他们脸上添光了呢。村子里的人说爹和娘："你们有福气啊，两个崽吃国家粮，在外面工作。"沾点亲的，则把他们两个当教育自己崽女的榜样。"看满妹两个哥哥多好，天晴不要晒日头，落雨不要被雨淋。"满妹把两个哥哥当自己的保护神，平日里跟小伙伴斗嘴打架输了，总要扔下一句："哼！等过年我两个哥哥回来，我不准你来我家，不给你吃我哥哥买的东西。"

两个在城里工作的人，终于回来了，提着大包小包回来了。爹和娘满脸欢喜地接过两个崽手上的东西。满妹则急脚鬼似的把那些包一一打开。娘假装生气地说满妹："急什么啊，还会少了你那份！"

娘是怕满妹不小心弄坏哪样东西，她要等两个崽坐定了，看着他们吃喝好之后，才会去整理他们带回来的东西。有哪些东西，有多少，娘就把它们一样样放好，然后在心里盘算，谁家里送几样、送多少。一个屋场里，有亲有疏，一个村子里，有远有近，礼物当然就有厚有薄、有多有少了，这厚薄这多少，可得掌握好，不然，礼送了，反落得有意见，这礼就白送了。娘用盘子装好，一家家送去，送到最后，每样东西就只剩下一点儿了，有的一点儿也不剩。娘轻轻地叹气，满妹更不高兴，跟娘发气："你把我最喜欢吃的北京果脯都送人了。"

满妹的大哥二哥是不会管这些人情南北的，他们跷着二郎腿做客呢。水缸空了，他们不会拿起扁担去井里挑担水；地上到处是葵瓜子壳花生壳，他们不会拿起扫把扫一扫；娘炒菜，他们不会蹲在灶门口烧一把火。他们端起碗喝酒，一天三餐，娘用锡酒壶热酒，一餐要热三四壶；扶起筷子夹菜，餐餐都有好多菜，跟做喜事吃酒席一样。给屋场里的人、村子里的人、他们的同学，讲他们自己在城里的事、单位上的事、城里人的事。

娘一大早就起来挑水，要挑四五担才能把水缸装满。人一多，当然水就用得多。不说淘米、洗菜，单开水，一天就要多烧几锅。煮饭、炒菜、摆桌子、收桌子、洗碗筷，全是娘一个人做。爹也不会搭把手，满妹还搭不上手，她最多就是坐在灶门口添添柴。娘还要装盘子，馓子花根、葵瓜子花生等吃的东西都在楼上，楼上楼下，一天不晓得要走多少回。客人一走，拿起扫把扫地的，也是娘。个个都洗了澡，换下一堆的衣服，堆满一脚盆，要洗、要晒、要收，也都是娘的事。人前，娘好像有使不完的劲似的，只到了晚上，睡在床上，就哼："哎哟，哎哟。"

满妹有时睡了，没睡的时候，就会很乖巧地给娘捶背。"阿妈，你这么累，明年过年，不要大哥二哥回来算了。"娘说满妹说蠢话。"过年过年，就是要一家人团团圆圆，一家人不团圆，叫过什么年呢。"满妹撒娇说:"阿妈,我都帮你烧火,大哥二哥是大人子,他们怎么不帮你做事呢?"娘捏满妹的鼻子,说她小人儿小心眼儿。"你大哥二哥一年才回家几天,要他们做什么事啊。他们在外面工作,也不晓得难不难,就是有难处,阿妈也帮不上忙。"满妹生气了,不给娘捶背了。"阿妈,你偏心眼,我还这么小,放学回来、星期天,你都要我去打猪草。"娘就哄满妹:"我知道我的满妹有良心哩,心疼娘哩。明年过年,就不要你大哥二哥回来了。"

明年,又明年,娘都没有不要两个崽回家过年。还一年比一年盼得早、盼得急。盼什么?盼媳妇呢。两个崽都老大不小了,屋场里、村子里和他们年龄相当,早讨了老婆当爹了。和娘生了意见的玉娥婶婶说娘:"你什么好福气!两个崽快三十岁了,老婆还没有踪影。我还比你小几岁,都做阿婆了。"娘就觉得自己矮了几节,听由玉娥婶婶在她面前逞强。

满妹不喜欢玉娥婶婶家的那个嫂子,牙尖嘴利说人家这不好那也不好。"强嫂子丑死了,麻子婆,矮冬瓜。那样的嫂子,送给我哥哥,我哥哥都不会要。"

娘心里还是不舒服,就像是心尖上吊了一块石头似的,走路、做事、吃饭、睡觉,都硌得难受。她要满妹给两个崽写信,催他们快找对象、快结婚。

三

满妹两个哥哥婚姻动得迟,有两个哥哥自己的原因,也怪他们家条件太差了。

娘曾替大崽张罗过一个妹子,是隔壁村子的。那个妹子长得还不错,皮肤白净,身材魁梧。她又很会做事,山里、土里、灶前、灶背,没有她做不来的事。来过满妹家几次,那个勤快哟,没哪个做家娘的见了会不喜欢。

满妹大哥不喜欢,还冲娘发脾气:"是我娶老婆,还是你讨媳妇!我好不容易读书跳出去了,又回头找个农村的做老婆,将来孩子的户口跟娘走,还是农村户口。""你的眼皮子就这么浅,只想到你自己,就不为我考虑。"

娘做错了一件天大的事的样子,勾着头,听由大崽一顿数落。大崽数落完了,事却没有完。人家妹子那边得好好安抚呢,介绍人那里得说好话赔小心呢。介绍人那里倒还好办点儿,送她一二十个鸡蛋、扯一块好一点儿的布,也就没事了。主要是那个妹子,来往了两三个月,人家面子上也下不去啊。娘卖了一窝小猪,兜里装了百八十块钱,老着脸,亲自上门去给妹子、妹子的爹娘赔礼道歉。好在那是一户通情达理的人家,收了娘一个不小的红包之后,也就不再计较了。

但城里的女的眼界高,看不起从农村出来的子弟。好在满妹两个哥哥的自身条件还不错,在单位的表现好,个子相貌也过得去。所以,满妹的两个哥哥还是谈了不少对象,不过总有这样那样的原因,最后没谈得成。爹和娘和满妹,也跟着空欢喜了一场。

三四个月间,两个崽来信,信纸里包着对象的相片。爹和娘和满妹把相片当宝贝,看了又看。尤其是娘,来一个人,就拿出相片给人家看,又来一个人,又拿出相片给人家看。嘴角眼角都是笑:"我大崽有对象了。我二崽有对象了。都是吃国家粮的,生得好看哩。"一边又担心,"满妹,你说你两个哥哥的对象会不会嫌弃我呢?她们是城里人,又有文化。我是农村妇女,又大字不认得一箩筐。"满妹笑娘说:"阿妈,你担什么心啊。两个哥哥在城里结婚,又不住在一起,最多过年回来住几天,怎么嫌啊?"

娘又和爹商量:"满妹她爹,两个崽结婚,我们做爹娘的,总要准备准备吧。"爹的想法不同,他说:"我们辛辛苦苦把他们养大，又供他们读书，他们参加工作这么多年了，也没给过家里一分钱。他们结婚，还要我们操心，哪有这个理？"但爹也只是嘴上这么说说而已，等到赶集的时候，还是按娘的意思，捉了两头小猪崽。

家里原来有两头猪，一头猪婆、一头肉猪，再加上两头小猪，就四头了。四头猪，该要吃多少猪草？娘每天都要为猪草发愁。生产队里出工、歇气、收工，只要看到哪里有绿色的、能进猪嘴巴的，娘就会把它们撸进她背上背着的猪草篓子里。野猪草有限，娘又把眼睛盯向自己家的菜土，多种白菜、青菜、红薯，都是上好的猪草。自留地也有限，娘又把主意打向生产队里的空地荒地，哪怕是只有饭桌那么大的地方，娘都要把它整出来，能种什么就种什么。猪草进了屋，要洗、要剁，那也是娘的事。几乎是每隔一天，就会从饭屋里传出剁猪草的声音，从晚上七八点响到九十点。

满妹有时嫌吵，她晚上要做作业哩。菜刀切过猪草，和砧板相碰的声音，单调、枯燥，还刺耳。尤其在做数学作业又做不出的时候，满妹就特烦娘剁猪草的声音："剁剁剁，我还要不要做作业啊！"

娘看看怒气冲冲的满妹，又看看两个畚箕上还堆得满满的猪草，犹豫了一下，只好放下了手中的菜刀，轻声细语地对满妹讲："好吧，我现在不剁了，等你做完作业再剁。"满妹还是气鼓鼓地说："我做完作业，不要睡觉啊？我睡觉，你剁猪草，我怎么睡得着？"

爹生气了，拿开含在嘴里的烟筒，骂满妹："你也是十多岁的人了，一点儿都不晓得体谅人。你娘清早起来就担水、拎菜，白天在生产队出工，晚上喂猪搞饭食。你做完作业要睡，你娘就是铁打的，她就不要睡？"

满妹不怕爹骂，她跟爹对着来："是哩，两个哥哥是崽哩，他们讨不到老婆，我们家就要绝种哩。我是妹子，读不读书也无所谓，横竖以后是要嫁到别人家去的。"

爹更生气了，举起蒲扇大的巴掌要打满妹。"你这个没有良心的，我一巴掌打死你。"

满妹倔倔地梗着脖子，扬着脸看着爹，一点儿都不担心爹的巴掌会落到她脸上，嘴巴里吐出的话更气得人死："你打啊。你打啊。我就知道你重男轻女。你叫两个哥哥读书，不叫姐姐读书，你其实早就不想我读书了。哼！你不让我读书，我就偏要读书。"

娘看看爹，又看看满妹，赶紧做和事佬，既像是暗示爹又像是跟满妹做保证似的说："崽女都一样，只要读得，你爹和我都会供你。你爹和我不是不供你姐姐读书，是她自己怕狗，不敢去学校。"

满妹不信，她依旧一副不依不饶的样子。"我那天听到爹跟娘说，有个表姑家的崽不错，那个表姑也蛮中意我，只等爹点头。"

娘脸上就显出不自然来，她很想告诉满妹，她一开始就不赞成，一是满妹还小，二是知道满妹心气高，也想以后和两个哥哥一样吃上国家粮。但她没有说出来，只是嘴巴张了张。

爹被满妹将了军，一时脸上下不来，只好说满话："满妹，你不要老嘴巴！只要你能和你两个哥哥一样考得起大学，我和你娘照缴。要是我们家出了一个女秀才，我和你娘脸上更有光。"

满妹笑了，笑得像一个乖巧懂事的妹子。她知道爹和娘其实都很疼她，不会逼她做她不愿意做的事，她今天借题发挥，无非是要把自己的想法清清楚楚地讲给爹和娘听。现在，她的目的达到了，可以沉下心去想那道几何题目了。

娘继续剁猪草，在寂静的山村的夜晚，满妹娘剁猪草的声音，传得很远很远。

四

娘坚持捉两头小猪捉对了呢,帮两个崽捉住了那两个城里妹子的心。

娘心里那个乐啊,恨不得把两头小肉猪(小猪崽长成小肉猪了)供起来,一天给它们吃三餐,餐餐给它们吃青菜、白菜、拌米饭。又恨不得两头小肉猪见风就长,一天长二三斤肉,三四个月就能长成大肥猪,就能出栏。

两头小肉猪不懂娘的心,哼哼唧唧吃潲,磨磨蹭蹭长肉。有时还闹情绪,半餐一餐地要吃不吃。吃饱了也不回猪栏去睡觉,慢慢悠悠地在门口的禾坪里走四步。

娘估摸着两头猪长到国庆节的时候,也就一百来斤。一百来斤能卖几个钱呢?又正是要长膘的时候,卖了实在可惜。不卖猪,家里又没有别的大一点儿来钱的路子。娘那个愁啊,愁得眼角都要跌到嘴角去了,走路、吃饭、做事,想的都是十元钱一张的票子,连做梦都想着捡钱。

满妹知道娘为钱的事发愁,就给娘出主意,要娘去跟生产队借。爹和娘一年挣的工分不少,每年生产队年终结算,她们家都是进钱户,少的时候一百四五,多的时候有两百多。以他们家在村子里的人缘关系,生产队应该会同意借的。

卖了先喂养的那头肥猪,跟生产队里借了两百,左凑右凑,凑齐了四百块钱,正好一个崽二百。但爹来去的路费还没有着落。依爹的意思,就两百,除去来回的路费,余下多少就给多少。娘不同意,"横竖二崽定的日子是元旦,现在离元旦还有两个多月,到时,两头猪总能长个四五十斤,留一头过年杀,先卖一头,什么路费不都有了。"

爹欢欢喜喜地去参加了两个崽的婚礼。

一转眼，年就到了。爹是见过两个城里媳妇的，那盼崽媳妇回家过年的心就没那么迫切。娘和满妹那个盼哟，脖子都要伸到大路口去了。招得玉娥婶婶背地里说风凉话："做起这个样子，还不是两只眼睛、一个鼻子、一张嘴巴。"

　　大嫂个子高，一张鸭蛋脸，一口糯米牙。二嫂中等个儿，圆圆的脸，一笑两个酒窝。不管是大嫂还是二嫂，和村子里的那些嫂子们比，最大的区别就是她们的皮肤白净，估计是坐办公室坐出来的。还有就是说话，她们都说普通话哩，像唱歌一样好听。

　　爹还是爹的样子，两个媳妇喊他"爸爸"，他答应得很自然，就像大妹满妹喊他"阿爸"一样。娘就不像一个娘的样子，两个媳妇喊"妈妈"，第二个"妈"字还没出口呢，她就已经答应了，好像答应得慢一点儿，就会怠慢了两个媳妇一样。她喊两个媳妇呢，嘴还没有张，脸上就先堆满了笑。村子里的人、屋场里的人，也都喜欢看满妹的两个嫂子。玉娥婶子也忘记了她说过的话，和屋场里有亲的其他人家一样，抢着请满妹的哥哥嫂子吃饭。当然，崽媳妇带回来的东西，娘没有落下她们家那一份。

　　满妹本来是很高兴的，也没有介意哥哥嫂子都不做事。可是娘做得也太明显了，自从两个媳妇进屋的那一刻起，娘的心里、眼里就只有两个媳妇。早上煮甜酒粥，娘先铲两碗酒糟多多的，亲自端给两个媳妇；满妹的那一碗，酒糟就像十五晚上天上的星星，不用数，一眼就看清了。炖了鸡，两个肥嘟嘟、香喷喷的鸡腿很自然就是两个嫂子的。满妹不敢得罪两个嫂子，就故意跟娘过不去。"满妹，锅子都冷了，你也不添把柴。""满妹，地上那么脏，你也不扫一扫。""满妹，水缸快冇水了，去挑两担水。"满妹把两个耳朵都耷拉下来，装着没听见，由娘去喊。

　　娘知道满妹发怪了，就尽量不喊满妹做事。满妹不做，所有的事自然就都落在娘一个人的肩上。也奇怪，添了两个人，就添了两个人的事，娘反倒没有像往年那样喊累。五十多岁的人，精神比十几岁的满妹还好,晚上十一二点了,那两个眼睛还像灯笼一样发亮。有时忍不住,生生地把满妹摇醒。"满妹,你大嫂有了,到时,要你大哥带她回来坐月子。""满妹,你二嫂性子好啊,说话总是细声细气。"满妹被搅了睡眠,已是很不高兴了,又听娘说的是两个嫂嫂,就更来气了,她假装没醒,转个身又睡了。娘竟然也不恼,不晓得是不是想到再过几个月就可以做奶奶抱孙子了,竟笑出了声。

五

两个崽媳妇是正月初九走的,他们把婚假放到春节一起休,在家里住了半个多月。

半个多月时间,娘挑了多少担水,只有家里那口大水缸知道;在灶前灶背站了多长时间,只有那口黄泥巴打的老灶知道;楼上楼下跑了多少趟,只有那踩上去发出"咯吱咯吱"响的木楼梯知道;每天什么时候睡,又什么时候起床,只有那张老式的凉床知道。

还有爹知道。爹看着明显又瘦了不少的娘说:"满妹她娘,这一阵,累了你了。崽媳妇走了,你就好好歇两天吧。我来做饭喂猪。"

满妹也知道。她一边在娘跟前发脾气,一边又心疼娘:"你是自找的,把崽媳妇当贵客一样看。吃国家粮、有工作就了不起啊?谁家里的崽媳妇不要做事?我长这么大,就没看到两个哥哥往家里寄过一分钱,更没看到两个哥哥帮家里做过一件事。好福气!我看你是好了名声亏了肚!"

爹的关心,娘收着。满妹没大没小的话,娘也收着。既没有听爹的,好好歇两天气,也没有骂满妹尊卑不分。娘却歇不住,也没有精力和满妹磨嘴皮子。二十多天后,赶集卖菜了,菜园里的大白菜萝卜,再不割不挖,就要抽芯了。吃过早饭,娘就挑着一担畚箕，一头放一把镰刀、一头放一把锄头，去菜园了。

爹心疼娘，也就抓了一副钩子扁担跟在娘的后面，去菜园淋菜。满妹则赌气去了大妹家。

大妹家离娘家不远，翻过一座山就到了，走小路，还不要半个小时。

大妹没想到满妹会来，问满妹是不是又和娘怄气了："满妹，娘够心疼你啦，你还动不动就发娘的气。你看我，看娘把我放给一户什么人家，家里要什么就给什么。如果我们村子里办了学堂后，爹和娘让我去读书，说不定，我也可以和两个哥哥一样吃上国家粮，何至于过现在这样的苦日子。"

满妹笑着说："阿姐，你讲话不凭良心。娘几时不心疼你？娘哪一次来你家，不是带好多东西，食的、用的、穿的。爹和娘要是不疼你，会帮你带崽，一带两三年？你看屋场里、村子里，有哪个的爹娘帮出嫁的妹子带崽的？"

大妹嘴拙，对爹娘的怨气却不拙。"如果爹和娘不是把我放给你姐夫这样的人，而是帮我挑一户家里条件好的，我现在也不会过这样的苦日子。讲得好听，什么我为人老实，嫁了有公爹家娘、兄弟姐妹多的人家会受欺负。其实是爹娘怕麻烦，怕我嫁不出去，要拖累他们一辈子，所以，一有人做介绍，爹和娘考虑都不考虑，也不去打听一下你姐夫的情况，就答应了。"

满妹没想到大妹对爹娘的怨气会这么深，一时竟想不到拿什么话来回大妹。过了好一阵子，她才笑着说："谁叫你这么会生，你要像我们屋场里的香莲姑姑一样，生不出崽，就你和姐夫两个人，就不会这么困难了嘛。"

大妹听满妹这么说，也笑着说："满妹，你真是个老嘴巴。什么事情到了你嘴里，没有理也给你捏出三分理。以后哪个讨了你做老婆，那就是你的下饭菜。"

满妹没有不好意思，还得着了理似的跟大妹讲："阿姐，你现在是苦点儿，等两个崽大了，你就有福享了。"

大妹摇头。"娘不是生了我们四兄妹吗？两个哥哥和我都长大了，你说娘享了什么福呢？不都让哥哥享了福吗？"

满妹被问住了，她不就是怪娘太惯着哥哥嫂嫂，和娘怄气，才跑到大妹家来的吗？唉，什么爹娘享崽女的福哟，满妹就没有看到屋场里、村子里有哪个做爹娘的，享到了做崽女的福。

大妹见满妹拉长了一张脸不出声，以为是自己那句话惹满妹生气了，赶紧叫两个崽过来，要他们拉满妹去玩。

满妹被两个外甥拖到饭屋里。饭桌上，姐夫已经摆好了一个盘子，只有馓子、花根、瓜子、花生四样东西。"满妹，吃点儿花根，你阿姐炸的花根又香又松。"

两只小手已经早于满妹的手，伸向装着花根的那一格了。满妹的姐夫也不说两个崽不懂礼，只叮嘱说："慢点儿吃，咬烂了再吃，别卡着了。"

吃饭了。有三碗菜：一碗盐腌肉，一碗白菜，一碗萝卜。两个外甥不看白菜碗，不看萝卜碗，四只眼睛齐刷刷地盯着那一碗肉。满妹的筷子只往肉碗里伸过一次，太咸了，简直咸得下不了口。两个外甥却吃得津津有味，大妹和她男人一脸的过意不去，又一脸的无奈和心疼。

满妹吃过中饭喊回家，大妹示意满妹等一下："满妹，你带他们俩兄弟去家里住几天。老大开学的时候，我去接他，老二就多住一阵子。"

满妹想拒绝，又不忍心拒绝。

六

娘没有怪满妹一声不响就去了大妹家，也没有怪满妹一个人去、三个人回。

两个外孙到了外婆家，就像在自己家里一样。刚从家里吃了饭出来，又喊肚子饿了，要外婆煮甜酒鸡蛋给他们吃。

满妹骂两个外甥："你们这两个家伙，路上答应满姨什么来着？肚子饿，肚子饿，盘子里什么东西都有，你们不晓得自己拿着食，偏要外婆再做东西。要不听话，满姨把你们送回去。"

两个外甥乖乖地爬到条凳上，去拿盘子里的东西吃。老大看中了盘子中间的饼干，老二也是，两个人抢。老二说："你拿了三块，我才两块"。老大说："你不晓得吃馓子花根啊，什么都要跟我抢"。老二不服气地说："你是哥哥，你应该让我。"老大嗤鼻子："是哥哥就该让弟弟？满姨还给我们讲过一个孔融让梨的故事呢。"

娘上楼去拿饼干，下来的时候，在下到倒数第二级楼梯时，不知道是想到了什么事，还是人太疲劳，一不留神竟然踩空了，幸亏当时的她反应快，空着的左手一把撑在门框上，才没有跌倒，但左脚还是岔了气。

两个外甥见外婆因为去拿饼干，差点儿跌倒，以为满妹又要骂他们，赶紧老老实实坐在条凳上，不出声了。

娘用力甩了甩左脚，确定没有扭到筋之后，招手要两个外孙到她跟前去，把手上的饼干给了他们。两个小子倒还懂事，问外婆痛不痛。娘说不痛，要他们到外面去玩。然后才叫满妹拿正骨水，帮她擦一擦。

满妹一边帮娘揉脚，一边问："阿妈，到底是阿姐怕狗咬不肯去读书了的，还是你和爹不让阿姐读了？到底你和爹是真的因为阿姐太老实，才帮阿姐选了现在的姐夫，还是你和爹怕麻烦、图省事，才会把阿姐嫁给姐夫的？"

娘没有吃惊，更没有生气，好像满妹问的话，她早知道了一样，只是牛头不对马嘴地说道："老话儿讲'养儿不知娘辛苦，养女方知报娘恩'，大妹也是做了娘的人了，怎么还一点儿体会不到一个做娘的心呢？"

满妹本以为娘听了自己的话会很生气，会骂阿姐的良心被狗吃了，会骂她这个传话筒没脑壳。没想到娘竟没什么反应，真是奇怪。

爹也奇怪。从满妹带着两个外甥进屋起，到两个外甥喊喊叫叫，鬼抢斋似的抢饼干，到娘差点儿摔倒，爹的嘴都没有张开过。瘟神一样地坐在娘平日剁猪草坐的矮凳上抽闷烟，狠狠地吸进去，再重重地吐出来。

满妹忍不住，转过头去问爹："阿爸，你怎么了？是哪里不舒服，还是又和娘吵架了？"

爹慢条斯理地把嘴上的烟管取下来，把烟斗子对着凳脚，搕了搕烟灰，然后又慢吞吞地站起来，说："我懒得和你娘吵。你娘把生产队里进的一百多块钱，二一添作五，打了两个红包给你两个嫂子做见面礼。我就奇怪，当初生产队里要扣借的一百块钱，你娘那么跟出纳讲好话。原来早就考虑好了，只瞒着我。"

满妹很吃惊、很生气地看着娘，问："阿妈，你给两个嫂子红包做见面礼了？怪不得你今年过年不给我做新衣服，我问你要五块钱，想买支钢笔、买个笔记本，你硬是不给。哼，你平常口口声声讲，崽和女都是你肚子里爬出来的，没有崽厚女薄。现在，不单是两个哥哥，就连两个嫂子，你都看得比我重。"

娘不理满妹的茬儿，只是看着爹。"你这个老倌子，就想到你的酒钱！两个媳妇第一次回来，我们做爹娘的一点儿表示都没有，她们以后还不抵两个崽的嘴。我不想两个崽在媳妇面前难做人。借生产队里的那一百块钱，卖了猪崽，不就可以还了。"

爹的炮筒子脾气上来了，说："你是第一次见媳妇，媳妇也是第一次见你，你给她们见面礼，她们有没有买身衣服买双鞋子给你当见面礼！你是农村妇女，一年到头出工、种菜、喂猪，寻得几个钱？两个媳妇是有工作的，她们各个月都有工资发。"

娘的脾气也上来了，争辩道："她们有工资是有工资，可开销大呀，样样东西都要拿钱去买。不像我们：水不要钱，柴不要钱，小菜不要钱。她们怎么做，是她们的事，我尽我的心。"

爹听后依旧火冒三丈，说："你想怎么做，就怎么做。大媳妇生了之后回来坐月子，这么大的事，你都不跟我商量一下。你还当我是你男人吗？是这个家的一家之主吗？"

满妹心里有气，不劝架，还故意火上添油说："大嫂那么娇气，上个茅厕还要大哥陪着，要大哥站岗一样地站在茅厕门口。而且，六七月里，又热又蚊子多，只怕到时出了力，还讨不到好。"

娘这回是真的生满妹的气了。"讨好，我要讨哪个的好！是我的崽、是我的孙，又不是别个。人生在世，还不就是为崽为孙。我都是黄泥埋了过半的人了，还图什么，不就图崽女个个都过得好。"

满妹更气了，把正骨水的瓶子重重地往凳子上一放。"你是为崽为孙，那我是什么！既然你这么重男轻女，为什么还要生下我？"

爹和娘永远是同盟军，听了满妹的话后，马上帮着娘讲满妹了。"满妹，你娘和我什么时候看轻过你？你时常和你娘顶嘴，把你娘顶得上墙，你娘打过你没有？家里有什么好吃的，不都是先尽着你来。你想吃什么，你娘不也是巴巴地去给你做。"

满妹低了头，但仍旧没好气地说："娘，事是你揽的，到时你可别叫我做这个做那个。"

娘笑着说："你是做阿姑的。做阿姑的，当然要做事。别的事不讲，洗尿片就是你的事。"

爹不说话了，又拿出他的烟筒，满满地装了一锅烟，"吧嗒吧嗒"地抽得过瘾。

七

　　大媳妇生了，生了一个妹子，但是她不肯回老家坐月子。

　　娘心里过不去，便对满妹说："明明过年的时候答应得好好的，怎么变卦了呢？是嫌弃我们农村不卫生，嫌弃我粗手粗脚做的饭菜不好吃吧。"

　　满妹觉得娘不可理喻，便说："阿妈，你是不是哪根神经不对头啊？做现成的奶奶还不好吗？非得站着走着做着，心里才踏实？"

　　娘横了满妹一眼，说满妹："你细妹子，知道什么！"

　　满妹懒得和娘争，只好拿了一本《地雷战》，问站在一边、尖起耳朵听娘和满妹讲话的二外甥要不要看连环画。二外甥还看不了连环画，他要九月份开学才能读书呢。不然，他也不可能从正月起一直住到现在。大外甥二月底就回家去了。满妹是手拿连环画，一页一页翻，对着图给他讲故事哩。

　　爹跟满妹抢听众，招手叫二小子到他跟前去。"到外公这里来，外公给你讲故事，外公讲的故事，比你满姨小人书上的故事好听多了。"

　　满妹其实也不是非得给二小子讲故事不可，不过是借个由头躲开娘的唠叨而已。爹要给二小子讲故事，她正好趁机说："要得要得，我也好久没有听阿爸讲故事了。"

　　爹很会摆架势，一边要求满妹帮他的茶杯添水，另一边要求二小子给他拿烟筒。二小子撒欢的小狗子似的帮外公拿来了烟筒，满妹则是有点儿勉强地拿起热水瓶给爹的茶杯倒满了水。爹喝了一大口浓茶，美美地抽完一筒烟，才开讲："从前有一个叫陆绩的人，六岁的时候，跟他阿爸去别人家做客，主家拿出橘子招待他们。陆绩趁别人不注意的时候，偷偷地往衣服的兜里藏了两个橘子。陆绩的兜烂了，起身走的时候，橘子从兜里掉了出来。主家笑陆绩：'你来我家做客，吃了我家的橘子不算，走的时候还要带吗？'陆绩回答说：'我娘喜欢吃橘子，我想拿回去给我娘吃。'主家见他小小年纪就懂得孝顺娘，很是惊讶，说陆绩长大了肯定有出息。"

满妹知道爹讲这个故事有一语双关的意思在里面。二外甥正月间和大外甥抢饼干吃的事，爹记着呢。满妹时常和娘顶嘴，把娘顶得上墙的事，爹也看在眼里了。

二小子还太小，他不会把外公今天讲的故事，和他那天跟哥哥抢饼干的事联系到一起。他只听到陆绩的阿爸带陆绩去做客，陆绩吃了橘子，还偷偷地往兜里放了两个，被人家发现后，他做了一个很不屑的样子。满妹轻轻地在二小子的头上敲了一下。"蠢宝崽，外公讲的故事，就是要你要孝敬你阿妈，别只顾着你自己有吃就行了。"

娘又继续说："满妹她爸，你倒是说说，我哪里待差两个媳妇了？大媳妇不回来坐月子，是有她亲娘服侍，还讲得过去。这二媳妇，刚刚有了身孕，到过年的时候，才四五个月，就回来过年都过不得了？是不是过年的时候，我什么地方没有做好，她产生意见了？"

爹一边喊满妹再给他的茶杯添水，一边慢悠悠地回娘的话。"满妹她娘，你就是想得多。二媳妇过年在家里住了十多天，你并没有让她做过事，天天都是好饭好菜，临走还拿了红包。把她当贵客一样看，她还有什么不满的？"

娘还是一味地检讨自己："二媳妇不爱讲话，谁也不晓得她心里想什么，就算有意见，也不会讲出来，不像大媳妇，直性子，有什么事都摆在脸上。"

满妹跟娘开玩笑地说："阿妈，不如你变成孙猴子吧，飞进二嫂的肚子里去，看二嫂心里是怎么想的，是不是对你有意见，才不愿意回来过年。"娘举起了手，装着要打满妹的样子："你个没大没小的，看我不撕烂你的嘴。"

满妹笑着正要往爹的背后躲，猛听得门外传来玉娥婶婶的声音："你没名堂！怎么可以掐他的脖子！快松手，他的脸都红了！"

三个人很快变了脸色，刚才还在屋子里听故事的二小子，一眨眼的工夫，不知道跑哪里去了。

满妹第一个冲了出去，随后是娘，爹差不多是和娘平排。

被掐了脖子的，果然是二小子。掐二小子脖子的，是屋场里顶顽劣的一个伢子，比二小子大一岁，生得十分粗蛮。那个伢子要二小子陪他玩推磨子的游戏，要二小子当磨子，他来推。二小子不干，两个人就打了起来。那个伢子劲儿大，一手掐二小子的脖子，另一手按着二小子的头，真的往磨眼里按。

等满妹赶到的时候，那个伢子已经松了手，没事人一样地用手抠磨槽里的东西。玉娥婶婶抱着二小子，手不停地在二小子的胸口扫。二小子头发乱了，满脸通红，身子发抖，哭得上气不接下气。随后赶到的娘，见了二小子的样子，腿一软，一屁股坐在了地上。

晚上，二小子因白天受了惊吓，发起了高烧。娘用酒精擦他的脚板心、用毛巾敷额头，折腾了好几个小时，二小子的烧还是退不下去。娘急了，要爹起床，抱二小子去大队的赤脚医生家，打退烧针。满妹也起来了，爹抱着二小子走在前面，满妹打着手电筒走在中间，娘走在最后。一只手电筒，照得爹来没照得娘，照得娘来没照得爹，弄得满妹拿手电筒的右手只好前后不停地晃来晃去。结果，三个人都是一脚高一脚低，踩高跷似的走到医生家门口。

医生家的狗听见声音，一阵猛叫。当医生的晓得，半夜狗叫，肯定是有看急病的人来了。他赶紧起来，开了门，让满妹他们进去。

一个村子，又是背着药箱走家串户的赤脚医生，没哪家的事他不知道的。一边轻车熟路地给二小子打退烧针，一边和满妹的爹娘讲话："叔叔婶婶，你们都是五十多岁的人了，又有两个崽在外面工作，本来可以享福了，做什么霸蛮给自己找事做。外孙，就让你大妹子女婿，自己去带嘛。"

从赤脚医生家回来，爹和娘打商量："满妹她娘，我们还是把二小子送回女婿家吧。要女婿一个米，要女婿一斤油，白帮他张家（大妹的男人姓张）带人是小事，万一出个什么事，我们担不起啊。"

娘疲倦地点了点头。

八

把二小子送走后，家里安静了。

娘不习惯这安静，好像她的脚不站得走得发胀发痛、手不做得发软发酸，就过不得，就不舒服一样。

娘准备打布壳，她先把柜子里不穿的旧衣服翻出来，剪扣子、拆线，等到一个出大日头的日子，早上下米煮饭的时候，就多下点米、久煮一下。吃了早饭，就开始了。

满妹看着堆了一地的旧衣服，专门打布壳用的一块大木板，用大斗碗盛的，堆得冒尖的一大碗饭，就问娘："阿妈，你今年准备做几双鞋子啊，要打这么多布壳？"

娘头也不抬地回满妹："一个人一双，十二双。你别站着不摇不动，给我拿布。"

满妹笑着说："阿妈，你算错了，一共才十一个人——未必二嫂肚子里的也算啊？"接着又劝娘，"阿妈，布壳不要打得太厚了，你看你每次打袜底纳鞋底那个费力，线也要得多。"

娘不领满妹的情,说:"鞋底厚,隔湿气寒气。我种了那么多苎麻,还怕费线吗?"满妹只好给娘打下手。"哼,一共一个星期才休息一天,也不让人家出去玩一玩。你要做好岳母好家娘,是你的事,做什么要拖着我啊。"

满妹不喜欢打布壳这个活,把布一块块铺在木板上,铺一块布,用烂饭子粘好,再铺一块布,再用烂饭子粘。布的边边角角还要弄平展。铺好了一层,铺第二层,再铺第三层、第四层,一层层铺下来,手指上粘的饭糊,半天都洗不干净。铺好了,就抬到日头底下去晒,晚边子再收进来。要晒几天,晒硬了,一块布壳才算打成了。

娘喊满妹学着点。"一个妹子,不晓得打布壳、不晓得做鞋子,是要被别人耻笑的。你姐姐是那种不灵光的人,好在嫁了一户爹娘不在了、没有兄弟姐妹的人家,要不,被人家嫌死。"

满妹做出一副不屑的样子。"我以后才不会自己做鞋子呢,我买鞋子穿。商店里卖的鞋子多好看啊,六月天买凉鞋、冷天买皮鞋。"

爹也趁生产队里没有什么事做,不要出工,背了一把锄头、挑了一担畚箕,去山上挖树蔸子。爹是挖树蔸子的里手,一个稍大一点儿的树蔸,所有连着蔸子的根,都能被爹挖出来,装满一个畚箕,大的树蔸,一个就能装一担。担回家后,整整齐齐地堆在自家屋檐下的平台子里。

满妹认为,爹挖树蔸子是爱的一种表现,是心疼娘、体贴娘的一种表现。烧茅草柴,时刻都要往灶炕里添柴,娘就得灶前灶背转来转去。烧树蔸子,娘做饭,就可以专心做一件事。煮猪潲就更好了,都不需要人在家里看火。

娘也挺知足,说:"我屋里的老倌子,除了脾气丑点儿,其他什么都好。"满妹还不知道什么夫妻之间相处,贵在知冷知热的道理。她只觉得娘这一世活得太累太辛苦。"做什么要生这么多崽女呢，就娘和爹两个人，多好啊。"

娘是那种典型的老式妇女，好像她活着的目的就是不停地为自己的男人、自己的崽女操心，从来不要求爹为她做什么事。两个崽参加工作十多年，从来没有开过口，要两个崽给她买什么，要两个崽给家里寄钱。反过来，她还年年要为两个崽准备不少吃的东西带回单位去送人情。大妹子也是一样，嫁出去八九年，娘只穿过她一身衣服。

布壳打好了，开始做鞋子了。做鞋子的第一步，是剪鞋样子。娘的鞋样子剪得好，屋场里的妇女很多都是照娘剪的鞋样子做鞋子。照着鞋样子，在布壳上剪下一模一样的鞋底或鞋面，然后用一层比较新的布把布壳包上并扎边。包一层布壳，是袜底；包几层布壳，是鞋底。娘的布壳本来就打得厚，多包一层两层，那鞋底简直就能抵半高跟鞋了。鞋底太厚，娘拿钻子的右手掌心，满是被钻把子印出来的红印子。

当十二双大小长短不一、鞋面布料花色不一、式样也不同的鞋子，全部做好，展览一样地摆在娘睡的床上时，满妹又忘记她先前讲的大话了，高高兴兴地拿起她那一双鞋当场试脚。其实不需要试，大小长短都刚刚好。娘的眼睛就像是精确度很高的尺子，经她目测过人家的脚做出来的鞋子，没有哪一个的鞋子是穿不得的。

娘乐呵呵地看着满妹。"别只顾着自己，把你姐姐家的四双鞋子收拾一下，吃了中饭，你就送过去。"

爹拿起他的那一双，欣赏艺术品似的左看右看，并说了句："满妹她娘，你做的布鞋比商店卖的鞋子一点儿都不得差。如果鞋底包一层皮子，就天晴落雨都穿得，就不要买套鞋了。"

娘从爹的话里受到了启发似的。"哎呀，我怎么没想到这一点呢。把旧鞋底放底下，再绱上边，就不会过水了。"

这爹呀，什么话不好讲，讲什么皮子不皮子的，以后娘做鞋子,又要多一件事了。

九

五月的时候,二崽来信报喜,说二媳妇生了一个儿子。

爹和娘那个高兴哟,巴不得敲锣打鼓满屋场满村子去告诉每一户人家。

接着就是满妹考起了县一中。

满妹他们那一房的人说:"我们这一房就发了你们一家,伢子会读书,连妹子都会读书。我们的崽女个个跟木脑虫一样,拿起书就打瞌睡,考试吃鸭蛋。"

爹没有当面夸满妹,他跟人讲:"满妹会做事又会读书。她在生产队里出工,扯秧、割禾,手脚那个快,好多大人子(成人)都当不得她。我和我屋里的,大字墨墨黑、细字不认得,她读书,没有哪个辅导她,完全靠她自己的本事,考进了县一中。"听的人也替爹高兴。"阿叔,你家的祖坟开了裂,保佑你家的伢子妹子都会读书。伢子妹子都这么听话有出息,你老了,就享他们的福。"

娘松了一口气,满妹从小就体质弱,三天两头,不是脑壳痛就是肚子痛,年年都要挑疳积打肥虫,瘦得跟灯芯草一样,头发黄黄的,同龄的人都喊她竹棍子黄毛仙。她吃不了农村这碗饭。现在考进了县一中,离考上大学就近了一步,考上大学,吃国家粮,就不要挑重担做重功夫。

屋场里村子里和满妹年龄相当的堂兄弟堂姐妹,也都羡慕满妹。他们多数早就辍学了,有的只是进了学校入了门,有的读完小学就没读了。尤其是堂姐妹们,她们的爹娘讲,妹子人迟早要嫁人、是别人家的人,读那么多书做什么,不读书,不要学钱,还可以帮家里做事。她们讲满妹命好,投中了胎,投了一对不是老脑筋的爹娘。

满妹躲着笑。她要下县里了,可以经常坐坐客车了。可怜的是,满妹快十五岁了,还不晓得坐在四个轮子上,是怎么飞快地往前走的。她出门都是靠一双脚,去的最远的地方就是离她家十几里的舅舅家。她两个哥哥工作的市里省城,她想破了脑壳,也想不出是个什么样子。

爹和娘为满妹去县里读书做准备。爹请木匠给满妹做了一口四四方方的木箱子,刨得溜光,漆刷了一层又一层,亮得能照出人的影子。去供销社买床上用品,请裁缝到家里给满妹做衣服。"我满妹去县里读书,都要置办新的。""满妹她阿妈,把家里最新最厚的棉被,给满妹带到学校去。"娘笑爹是树老根多、人老话多。"我早就把那床棉被拿到日头底下晒了几天了。"娘炒瓜子花生,炸番薯片,给满妹带到学校去吃。

爹亲自送满妹下县里。一根竹扁担,一头是那口木箱子、箱子里装着满妹换洗的衣服、毛巾牙刷,另一头是家里唯一的一只铁桶子、一只上好的脸盆,桶子里放的是娘炒的瓜子花生、油炸的番薯片。满妹自己则背着娘帮她打得四四方方的被子。

路上碰到的熟人跟爹打招呼:"阿叔,送满妹去读书啊?"爹就一脸自豪地跟熟人讲:"我满妹考起了县一中,我送她下县里,到公社去搭客车。"

满妹晕车,又没有位子坐,难受得拉长了一张脸,只想哭。车上的人怕满妹吐,一个个皱起眉头看着满妹。

爹也遭了车上人的白眼,他的长扁担、木箱都碍人手脚。即便如此,爹还是不管,帮满妹解下背上的被子,要满妹坐在木箱子上,他自己则站在边上,墙一样地挡着其他人,不让别人碰着满妹。

到了县城,下了车。爹和满妹两个乡里人进了城,分不清南北东西。满妹脸皮薄,不敢问路,只顾张了眼睛看城里的大马路、高房子、穿凉鞋系裙子的女的。爹不管城里人耐烦还是不耐烦，问了一个又问一个："请问你，去一中的路怎么走？""请问你，到一中还有多远？"

到了学校，报了到，缴了学费，买了餐票，把东西送到寝室安顿好，爹又带着满妹去见大崽二崽的老师、同学。其中有一个姓陈的语文老师，对二崽的印象特深。"他作文写得好，后来果然读了中文系，现在又当了大学老师。"爹赔着笑，要陈老师看在二崽的面子上，多照顾满妹。满妹嫌爹讲话啰唆，一个劲儿地使眼色要爹走。爹还说要去见二崽的一个同学，说那个人的爹在食堂工作，如果满妹下课晚了，好要他给留热饭热菜。满妹不肯，说怕同学晓得了，会笑她。她只想爹快点走，她好去认识新同学。

爹真的要走了，满妹的心又慌了。她跟在爹的后面走了一程又一程，走过礼堂，走过大操场，走出了学校，走到了大街上。爹要满妹打转回学校去。"满妹，你别送阿爸了，等下你找不到回学校的路了。"满妹抬起头看爹，眼睛红红的。爹不忍心，就说："满妹，你生这么大，还没有进过饭店吃过饭，阿爸今天就带你开个洋荤，去饭店吃饭。吃过饭，阿爸再送你回学校。阿爸今天就不回家了，也开一回洋荤，住一回旅社去。"

爹和满妹走进了一家叫井冈山的饭店。服务员见了，当没看见，依旧说他们的话、聊他们的天。他们可能是从爹的神情和穿着看出爹是一个点不起好菜的人吧。在家脾气火暴的爹，没有介意服务员的态度，坐下后，就干干脆脆地点了三个菜：一碗鱼，一份炒肉，一份豆腐。

先上的是水煮鱼。满妹在家就爱吃鱼，尤其是鱼头。每次吃鱼的时候，爹都是先把鱼头夹给满妹。今天也不例外。"满妹，店子里煮的鱼就是比家里煮的好吃，你多吃一点儿。人家都说，多吃鱼聪明，会读书。"满妹很小心地挑着鱼刺，她吃鱼最容易被鱼刺卡住。每次在家吃鱼，她都会被鱼刺卡住，急得爹和娘不是要她吃一大口饭，说饭可以把鱼刺一把裹着吞下去；就是拿来醋，要满妹喝一大口醋，说醋可以泡软鱼骨头。爹自己不动筷子，只看着满妹吃，不时地还把筷子伸到满妹碗里去挑鱼刺。

　　第二盘上的是炒肉。爹最爱吃肉了。六月天，墟场上难得碰到卖新鲜肉的，腊肉差不多也吃光了，爹吃不下饭时，娘就把过年杀猪时腌的板油拿出来蒸给爹吃。今天却是例外，爹的筷子一次次伸向肉碗，夹的肉却是放进满妹的碗里。满妹用手把碗盖着说："阿爸，我够了，你自己吃。"

　　豆腐成了爹今天最喜欢吃的菜，满妹只伸了几次筷子，一碟子豆腐就光了。满妹说吃饱了，放了筷子，爹才把剩下的鱼和肉夹起来吃了。

　　吃完后该结账了，一位服务员走过来，用尊敬的语气对爹说："大爷，一共是十六块钱。"咦，服务员的态度怎么变了呢？三个菜、十六块钱，不可能会让服务员的态度前倨后恭啊，应该是饭菜以外的东西打动了他们吧。

　　从饭店出来，爹怕满妹不记得回学校的路，执意把满妹送到学校门口，自己才去街上找旅社。

十

　　娘在自家的菜地里摘青菜，半蹲着，每蔸青菜摘一片两片叶子。蹲得久了，脚发麻，娘站起来，踢踢脚。娘的手也冻得通红，她顺势把手放到嘴里哈气。娘这是为家里的那条猪婆弄青猪菜。猪婆刚下了一窝猪崽，金贵着哩，明年满妹开学的学费、伙食费都指着这一窝猪崽。老猪婆不蠢，它晓得它现在重要哩，所以早晚两餐潲，它要吃好的。娘给它喂干猪菜，它嘴巴在猪潲盆里拱两下，就哼哼唧唧地走开了，只好餐餐都喂它青猪菜。

冬天，打青猪菜不容易。生产队挖过红薯的地，光秃秃的，什么也不长；只有生产队撒了绿肥的田里，有一种叫灰灰菜的，是唯一的一种野猪菜。可那种灰灰菜长在绿肥中间，得用小巧的猪菜挑子挑。挑半天，也难挑一篓子。好在娘有先见之明，撒菜籽的时候，撒了很多青菜籽。青菜肯长、贱，一蔸抵得几蔸莴苣。娘已经煮了几回净青菜的猪潲了。

娘挑着青菜进了屋，屋里也冷。今年的冬天冷得有点儿邪门。娘坐在屋里烤火，双脚踏在火笼上，膝盖以上的地方，就像是置身在冰窖里；把火笼挟在两腿中间，双手盖在上面，那脚底又像有几百条冰虫子，从地面往脚板心钻；门和窗明明关得紧紧的，却还有冷风"嗖嗖"地往人身上钻，都不知那风是从哪里来的；不得已要开门，那冷风简直就是往屋子里灌。

村子里不少的人家，都不搞早饭吃了。一家子、老老少少，睡到九十点起来，挨到十一十二点做饭。农村的柴火大锅饭，比不得城里的煤火高压锅，慢得要死，不到一两点，别想有饭进肚子。一顿挨一顿，晚饭就到了七八点钟了。

满妹家是少数还吃三餐的人家。不是爹和娘有多好吃、有多吃得，是那条猪婆饿不得。如果过了八点还没喂潲，它就会很恼怒地用嘴巴去咬猪栏的木条门。它倒不全是为填饱它自己的肚子，它不吃饱，哪里有奶喂它的猪崽们呢？

娘没有骂猪婆磨人。猪婆要按时按刻吃潲是一个方面，娘不放心那些小猪崽，也是一个原因。天气这么冷，小猪崽毛短皮薄，难抵风寒。村子里有人家发生过冬天冻死小猪崽的事。娘害怕这样的事发生，那不单是一条条小猪崽，还是来年满妹的学费、伙食费哩。娘每天都要给猪栏换干稻草，每天起床的第一件事，就是去猪栏点小猪崽的数。

怕什么，偏偏就会发生什么。娘睡在被窝里，觉得冷，就对爹说："这么冷，不晓得那些猪崽子受不受得住，我想去把猪崽子都抱到屋里来、放在灶膛里。"爹转了一个身,又嘟囔了一句:"把猪崽子放灶膛里,这么冷,一去一回,会冷坏人。"娘在暖烘烘的被窝里一阵思想斗争,还是爬起来穿上了大棉袄。娘拿着她的围裙走在前面,爹打着手电筒走在后面。娘冷得上下牙齿捉对儿打架,身上的大棉袄就跟一层纸似的,一点儿都不隔风。爹拿手电筒的手也直发抖,抖得手电筒的光也打弯。打开猪栏的门,娘一眼就看到有一条猪崽没有睡在猪婆的肚子边上,而是单独睡在一个角落里。爹赶紧把手电筒照过去,唉,可怜的小猪崽,已经断了气了。十去其一,娘心痛如刀割,把围裙往脖子上一挂,扯开两个角,要爹把剩下的九条小猪崽一条条捉到她围裙里。打转身时,爹又到斗门子的阁楼上,拿了一大捆干稻草,铺在灶膛子里。小猪崽们在灶膛里,一夜睡得安稳。

第二天早上,娘去送猪潲的时候,把小猪崽也送回了猪栏。至于那条死了的小猪崽,爹便将它的肚子剖开,洗干净后,用盐腌了起来,准备做成腊肉。不是病死的,小猪崽也是猪,小猪崽的肉也是肉啊。能吃,就别浪费。

但爹和娘的细心呵护还是没能留住九条小猪崽的命。它们好像铁了心要一家子在一起,似乎灶膛上的房梁,是世界上最好的去处。这不是它们的错,是猪栏倒了,生生地把它们压死了。

爹和娘愁得都不晓得还要做中饭和晚饭。这可如何是好啊,猪崽都死了,满妹明年上学期的学费、伙食费都没有着落了。猪婆死了,满妹明年下半年的学费、伙食费又去哪里找啊。

玉娥婶子端了两碗饭,碗面上盖了好多菜,要爹和娘多少吃点。"阿哥、大嫂,猪崽猪婆死都死了,再愁也不会活转来。总会有办法的。满妹两个阿哥总不会看着满妹交不起学费吧。"

娘摇头说:"两个崽都困难哩,工资低,样样东西都要花钱买。我们做爹娘的,不能支援他们、帮不上他们的忙,哪里还忍心增加他们的负担。"

玉娥婶子的嘴巴仍旧像打竹板子一样。"你们总是为他们着想。他们两兄弟参加工作也十多年了，寄过一个钱给你们没有？现在是家里出了事，不得已，才要他们兄弟俩帮一把，讲到哪里去，都讲得过去。"

爹看着娘，娘也看着爹。他们都不想这么做，可除此之外，又实在想不出其他的办法。玉娥婶子见爹和娘都不出声，知道自己的话起了一点儿作用，讲话就更口无遮拦："阿哥是进六十的人了，在城里，按国家对干部的政策，可以退休、在家里享福了；大嫂也是五十多岁的人了，打柴、担水、淋菜，样样要自己做，我的崽媳妇虽然在农村，我还可以享他们一点儿力气。亲戚中间有人讲你们，有宝气，不晓得跟两个崽要钱，吃点好的、穿点好的，就担了一个好名声。"

爹的脸上挂不住，娘的脸上也挂不住，两个人好像商量好了一样，同时讲，他们现在没有病痛，吃得做得，还不要崽女养；等他们老了做不动了，两个崽肯定会养他们的。

玉娥婶子轻轻地拍了一下自己的嘴巴。"哎呀，看我这张嘴，连不晓得讲话。其实，做爹娘的，哪个不是替崽女想得多，想自己想得少。就拿我自己打比方，还不是什么事都先考虑崽媳妇孙子孙女，最后才轮到自己。要像猪就好，食饱了就睡，睡醒又食，什么都不管。"

说到猪，玉娥婶子突然一拍大腿说："有办法啦，有办法啦。年底，生产队结了账，你们家总进得百把块钱，再去买两条猪崽，一条作肉猪，一条作猪婆。猪婆养一年，就可以生猪崽了。一年，顶多一年，就可以不要他们两兄弟寄钱缴满妹读书了。"

爹和娘被玉娥婶子的这番话，说得愁云尽去，好像那条还不知在哪方的未来猪婆，已经在家里的猪栏里，肚子滚圆，马上就要生小猪崽了似的。巴不得就去有猪婆养了猪崽的人家去赊两条来。

灶膛房梁上的那条小猪崽,已经被冷烟子熏得有点儿黑了,但嘴还张着、牙齿还是白的,好像是在嘲笑人们:他们总说我们猪蠢,我看人比我们猪蠢多了,一天到晚累得要死,不只为自己一张嘴,还要为崽为女为孙。

十一

更巧的是,大妹家就有一窝五六天就出栏的猪崽。

老天却作对,连着下了几天大雪。山白了,田白了,屋顶白了;靠着烟囱的屋檐,那冰凌子有炒菜的锅铲把粗;门沟里的水,都结成了冰,像一块长长的镜子;连隔夜没有倒干净的猪潲盆里的一点儿潲水子,都给冻起来了,用猪潲勺子一敲,"嘎啦嘎啦"响。

娘急呀,生怕要猪崽的人家多,出栏那天一窝蜂就卖光了。第四天,娘就硬要爹去大妹家捉猪崽。

地上的雪好深哟,长筒套鞋踩上去,埋了半截;雪下得好紧哟,就像是成片成片、几千几万棵杨柳,同时在吐柳絮儿似的,密密麻麻;风那个大,把雪都吹成斜的了,直往人脸上、脖子上贴。爹就像个斗风雪的英雄似的,深一脚、浅一脚,左一摇、右一摆地在风雪中走着。

去大妹家,要过一条河,要爬一条长长的山坳。河宽是不宽,河面上也有桥,三根杉木扎在一起的桥。平常情况下,胆小的人过桥都是提着胆子,走一脚、看一脚。这雪一盖、人一踩、风一吹,结了冰,就更滑,一不留神,是会掉到河里去的。河水比平常冷几倍,刺骨头。山坳也不好爬,没修成一阶一阶的,一个斜坡接一个斜坡,两边尽是菜土,没东西可抓、没东西可扶,中间被人踩过的地方,成了冰印子,滑得要死,只好把脚弯到边上的菜土上去。

其实，去大妹家还有一条大路，不过要绕很远。娘要爹走大路，爹自己要抄近路。爹说去的时候两手空空，不打紧，打转的时候，提了猪崽，就走大路。

大妹正在喂猪，看到爹提着一个猪笼从小路上拐出来，以为自己眼花了，舀了几勺猪潲再看，爹已经到禾坪里了。

爹把长筒套鞋上的黄泥巴在雪上弄干净，把猪笼放在屋檐下，取下帽子，拍掉上面的雪，才随大妹进屋。

大妹的男人和大妹一样吃惊。两个小子见了外公很高兴，抢着把自己的小火笼拿给外公暖手。按往年的皇历，外公这时候去他们家，是给他们家送钱，好让他们兄弟俩过年能穿上新衣服，和别人家的细伢子一样，有鞭炮玩。

大妹是看到爹手上提着猪笼的第一眼，就猜到爹是为什么事来的，等爹把话说出来，大妹的怨气也就跟着出来了。说爹真是疼满妹，为满妹读书，这么坏的天，还要出来。说她小时候，学堂就在本村，爹都不让她去读书。

爹的脸上就有点儿下不来，说那时是家里唯一的人手，娘一个人屋里屋外忙不过来，要一个人做娘的帮手。两个崽要读书，不能辍学，是理所当然的，换了哪个做爹娘的都会那么做。

大妹的男人看爹尴尬，就端出一家之主的身份对大妹说："你是嘴巴痒了吧，几十年的事了还翻出来讲。这几年，如果不是爹娘帮我们，我们哪里可以这么轻松地走过来，做人不能这么没良心。"

大妹心里十分清楚，平日里，她还仗着爹娘的腰子，把男人当崽骂："我阿爸阿妈当初瞎了眼，把我放给你这样一个人。家里穷就算了，还没有一点儿本事，来活钱的手艺，一样都不会。"这会儿男人当着爹的面，高门大嗓讲自己，气就更不打一处来。"我们家的事，你晓得什么？满妹一出世，爹娘就把她当心肝儿肉，怕死去的那几个的阴气过给她，他们小时候用过的包裙背带，都是全置办新的。"在大妹和满妹的中间，娘还生了四个，都是两三岁、五六岁就死了，所以满妹和大妹和两个哥哥的年龄才会相差那么大。

爹没有和大妹争，他一边喝着女婿倒的茶，一边等大妹"噼里啪啦"下雪粒子一样地讲了一气之后，才开口说："大妹，你是要跟我翻老账是吧？你跟我翻老账，我就跟你算新账，你十九岁结婚，我和你娘给你置的嫁妆，你做妹子的时候做十年事，都做不到那么多东西。你结婚后，对你家里的帮衬，抵满妹几年的学费还要多。你摸着良心讲，屋场里、村子里，有哪家的爹娘是像我和你娘这样帮衬嫁出去的女的？"

大妹被爹这么一顿训，不吭气了，起身去装了两个盘子，要爹剥点葵瓜子，吃点沙子炒的番薯片。

大妹的男人没话找话，吹牛皮说他今年蒸的几坛酒有多好，比店子里卖的瓶装白酒还醉人。"阿爸，你不相信是吧，等下就热一壶打点心，阿爸喝了，就晓得我是不是吹牛皮了。"

爹没有再讲大妹。爹觉得大妹家现在这个样子，自己是有责任的。女婿单薄、劳力不行，脑子也不活，不会寻活钱。当初帮大妹选对象的时候，就没有考虑这两点。没有家底子不打紧，只要肯做、能做，就不怕，慢慢就会好起来。现在后悔也迟了，只能是趁自己还有一口气，能帮就多帮点。

大妹嘴里怪爹娘偏疼满妹，其实她自己对满妹也很好。满妹小的时候，她带的比娘还多，背着烧火、背着喂猪、背着打猪草。满妹不太会吃，身体瘦弱。大妹结婚后，学会了做一种推浆米果的糍粑，满妹挺爱吃。每次满妹去了大妹家，大妹都专门为满妹做推浆米果。她甚至背了娘跟满妹讲："长姐妹，短爹娘。"意思是姐妹之间在一起的时间长，和爹娘在一起的时间短。既然是为了满妹，爹又这么大年纪了，万一路上跌倒了，两头失踏，不如做好人。"阿爸，路上滑，你今天不要带猪崽回去，把猪笼放我家里，我留两条最大的，等过几天天晴了，我送家里去。"

爹喜出望外，到底是自己身上来的，晓得体贴人。女婿吹牛皮说如何如何好，其实又嫩又涩的酒，喝在嘴里，也感觉心里是暖乎乎的。心里一热乎，就管不住舌头："大妹，猪崽的钱，我一分钱都不会少你的，你卖给别人什么价，算给我也什么价。我还要和往年一样，给你几十块钱过年。"

好在大妹没喝酒，及时把爹的话拦下了："阿爸，今年过年就不要给我钱了，留给满妹交学费。我的猪崽好养，保证养一年，肉猪就可以出栏，猪婆就可以下崽。"

爹坐不住了，碗里的酒还没喝完就喊着要走。说倒了的猪栏还没有修，得赶紧把猪栏修好，要不，捉了猪崽也没有地方养。

大妹苦留爹吃了中饭再走，却怎么也留不住，只好送爹出门。

爹整了整帽子，精神抖擞地走进了风雪之中。

大妹倚靠在门框上，看着爹越走越远，转个角就看不见了，心里万分愧疚。自己口口声声怪爹娘不让自己读书，其实是昧着良心讲话。本村办学堂的时候，自己已经十岁了，要跟六七岁的细伢子一起读一年级，怕人笑，想去又不想去。爹娘一讲家里要人手做事，就正好将它当作不读书的借口。

十二

怎么和两个崽讲呢？

按照爹的意思，等他们过年回来的时候，当面跟他们讲就是。养了他们一二十年，教他们读了十多年书，他们参加工作十多年，没有让他们寄过一分钱，现在家里有困难，要他们帮一下，帮满妹交个学费，讲到哪里都讲得过去吧。

娘主张写信，她先把家里的情况一五一十地告诉他们，他们帮得了就帮，实在有困难拿不出，也不会搞得下不来台。又说他们来来回回的车费就要几十块钱，抵得上一个人一个月的工资了，与其把钱送在路上，还不如留着添置东西。

其实，娘这个又字也是话中有话。如果崽媳妇他们不回来过年，家里就只有爹、娘、满妹三个人，可以不买什么东西，简简单单，这样一来，就可以省一笔钱；万一崽媳妇他们硬是拿不出，另外向生产队借一点儿，满妹的学费就有了。

信是玉娥婶子家的崽富生帮忙写的。娘念，富生写。满妹学校还没有放寒假。所以两个崽回信都回得有点慢。大崽的信是和满妹同一天进屋的，二崽的晚一天。

真奇怪，不只信前后脚到家，连内容都基本一样。都是先摆困难、摆了一大堆，摆完才写以后每个月给满妹寄十元钱生活费，最后轻轻一带，春节不回家了。为此，满妹更加发愁了。这个学期，满妹已经过得够苦了。不是别的，就是饿肚子。吃了早饭盼中饭，吃了中饭盼晚饭，还没下晚自习，肚子就已经"咕咕"叫了，连做梦都想着吃的，常常是一觉醒来，枕巾湿了一大片——是口水打湿的。能不饿吗？八个人围一桌，一钵饭、一盆菜。饭是每个人二两米的定量，食堂是否给足了，谁也不知道，席长分饭的时候，筷子一偏，能给多少就是多少。手快的可以抢到多的，手慢的只能捡少的。菜也一样，用小脸盆装而已，其实半盆都不到。八双筷子，你一下我一下，没几轮，盆底就朝天了。家里条件好的同学，去副食品店买零食吃，或者去饭店买包子油条吃，还有同学从家里带炒面粉，只有满妹既没钱买零食，家里也没有人往学校送吃的，只能干饿着。但至少，食堂一日三餐是保证了。换了两个哥哥寄生活费，万一哪个月两个哥哥都没钱寄或者都忘了寄，岂不是要饿肚子？

娘安慰满妹说："满妹，你别愁，你两个哥哥都很疼你，他们会按时给你寄钱的。如果今年生产队进的钱多，明年家里又顺畅的话，可能还不要你两个哥哥给你寄钱。"

满妹觉得自己在学校已经够委屈了，回到家里，又见家里这也不顺那也不顺，气不打一处来，冲着正在剁猪草的娘开始嚷嚷："既然没有能力，就别交了！别的同学吃这个吃那个，我连饭都吃不饱，还读什么鬼书！干脆如你们的愿，我不读书了，回来帮你砍柴、打猪草，或者按阿爸的意思，早早嫁人，免得你们总是眼红别人。"

娘想到自己的一番好意，反被满妹一顿抢白，一分神，菜刀剁在砧板上，用力提了好几下，才把吃进木砧板上的菜刀拿出来。

爹火了，拿开含在嘴巴里的烟筒，两撇眉毛一竖，两只眼珠子一鼓，很大声地骂满妹："你读书读到哪里去了，讲这么没良心的话。你不读就不读，吓唬谁呢？你以为我和你娘想出这样的事啊，天灾，哪个躲得过！现在家里有困难，只要你的哥哥们能负担一点，没有什么过不去的坎儿！"

满妹被爹这么一骂，心里更难过了。想起自己在学校饿得前胸贴后背的那种滋味，眼泪忍不住像脱了线的珠子一样往下掉："您和娘的心里，从来就只有两个阿哥，把他们看得一千斤重。有了两个阿哥，为什么还要生我呢？别人的爹娘隔半个月就会托人带些吃的。就我，整整一个学期，没有一个人来过。看别人嘴巴动，我就只有吞口水的份儿。"

爹还要骂，娘已经心疼得不得了："我的个崽啊，你在学校食不饱，为什么写信时不讲？过中秋节，我和你爹以为你会回来，买了两斤月饼，还做了糍粑，眼珠都望穿了。要晓得你在学校是这个样子，我和你爹自己不吃，也会省下来给你吃。"

满妹听了娘的话，气消了，小声嘟哝道：我晓得爹和娘供我读书不容易，所以写信都是报喜不报忧。中秋节没回家，也是想着来去都要车钱。

爹也心疼了,爹是一个最顾嘴巴的人。满妹家的腊肉腊鸡腊鸭,年年都可以吃到插田、吃到搞双抢。新鲜的猪肉贵,爹就买猪头、猪脚、猪肝猪肺猪肠子。满妹不吃肥肉,不吃猪内脏,有点儿猪毛的肉皮也不吃。娘有时还会骂满妹嘴刁。爹却总是笑呵呵地把肥肉吃了,把精肉给满妹。生产队烧石灰、榨油,出夜工的可以焖糯米饭打点心。爹每次都是自己吃一半,留一半给满妹吃。逢墟的时候,满妹问爹要买包子油条吃,爹从来都不会打一下顿。爹最常讲的一句话就是:"宁愿做一个饱死鬼,也不要亏了自己的肚子。"这么一个讲吃的人,当然听不得自己的满女在学校吃都吃不饱。爹抬手给了满妹一个爆"栗子",并说:"你在信中也不说,我和你娘又没有千里眼,怎么会知道?"

满妹含着眼泪笑了,说:"阿爸阿妈,你们别这个样子,我这不是活生生站在你们面前嘛,又没有饿死。"

就在这时,爹出其不意地把手上的烟筒拍在饭桌上,像生产队开会下保证一样地讲:"满妹高中毕业之前,我不抽烟了,种的烟叶都拿去卖,卖的钱当满妹的伙食费。"

娘放下手上的猪菜刀,也好像生产队的干部做报告一样说:"过了年,我就去高山挖笋子,不晒笋干,都拿去卖,卖了钱去供销社买面粉。等有杨梅的时候,上高山摘杨梅卖,也可以换几个钱。"

满妹更惭愧了,轻轻地捧起爹的竹烟筒,郑重地放回到爹的手上,说:"阿爸,您抽了几十年的烟,哪里说戒就能戒呢?您在家够操劳了,我怎么还能剥夺您抽烟这点爱好呢?"

煮好猪潲后做晚饭。娘一心要往满妹的肚子里多塞点油水,特意加了两个菜。一个是辣椒粉炒腊猪崽子肉,一个是葱煎蛋。爹和娘平日里,每餐只吃两个菜,一个水煮小菜,另一个还是水煮小菜。

满妹吃了个肚子溜圆,嘴上就卖乖:"阿爸、阿妈,如果家里实在凑不起我的学费，两个阿哥也实在拿不出钱，我就不读书算了。考大学不是说考就考得起的，你们看阿富哥，考了三年，连中专线都考不上。"

娘一边收桌子，一边笑着说："满妹嘞，你以为娘不晓得你那点弯弯肠子啊？你放心，只要你不嫌读书苦，读得，我和你爹卖锅子卖瓦，都会供你到高中毕业。"

爹也打哈哈，说如果满妹考得上大学，他戒烟、戒酒、戒肉，也要让满妹读完大学；说如果家里出了一个女大学生，他和娘就更有面子啦。

满妹的嘴更甜了，说："阿爸、阿妈，我如果考得起大学，毕业后分在大城市里工作，我就把你们接去和我一起住，什么都不要你们做，只管吃现成的。"

娘的眼里闪着欢喜的光，碗筷也不收了，高兴地和满妹闲聊起来。

就这样，满妹过了一个很安心的年。

十三

爹送满妹去公社搭车。

从公社搭过路车下县里的人好多，马路边站了一拨又一拨人。一个个像被线提着的木偶，先是向着马路上头的方向伸长了脖子，等车子远远地开过来又开过去，人就如潮水般跟着车子往前跑。有脚步快的，车子还没停稳，他已经抓住车门了。每次挤上车的都是年轻力壮且手脚利索的人。

满妹碰巧遇到了一个住在墟上的初中同学秀。秀和爹找开着的窗户，和坐在窗户边的人讲好话，要人家帮忙把满妹的东西从窗户传进去。有一次，东西传进去了，满妹却没有挤进车门，只好请人家又把东西递出来。

所有的过路车都开走了，折腾了一上午，满妹还是站在马路边。下午没车了，爹安慰满妹，今天走不成，明天赶早走。秀讲这几天下县里的人都很多，每天都有很多搭车的人。讲满妹还是住到她家里去保险一点儿，明天直接搭公社到县里的那班早车。爹讲这样也好，就一个人回去了。

秀把满妹带到她家里，她的父母是国家干部，就她一个孩子。见秀带了同学来家里，对满妹非常热情。

秀家里的晚饭早，六点多点就喊吃饭。吃过晚饭，秀家门口的大水泥坪子还是白的。满妹一个人站在水泥坪上看天，看远处朦胧的中学校舍，想着上数学课偷看小说，被老师发现，前后左右的同学帮忙转移的情景，她忍不住笑了。

突然，满妹的心揪了一下，又揪了一下。她从来没有过这种感觉，心慌得像是一天没有吃饭，一夜没有睡觉。她以为自己病了，便赶紧进屋去。

秀问满妹怎么了，满妹的脸寡白，像一张纸那么白，人也像喝醉酒一样，站不稳，她带着哭腔说："我的心好慌好乱，不晓得是不是家里发生了什么事，我要回去看看。"

秀说天都黑了，你胆子又小，八九里山路，还要经过一片乱坟岗子，也许你家里根本就没什么事。

满妹坚决要走，说她受不了这种感觉，说她如果不回去，一个晚上都不晓得怎么过。

秀没有办法，只好央求她爸爸和她一块送满妹回家。

满妹被秀牵着手，一脚高一脚低地走在熟悉的山道上。风从山口子里吹来，吹得路两边的树左摇右摆，好像要扑到路中间来抓人。经过那片乱坟岗子的时候，满妹紧紧地抓着秀的手。

走到村口的时候，秀爸爸的手电筒，照见了两个赶夜路的人。其中一个是富生。

满妹的身子抖得像风中的树叶，她哆嗦着喊："阿富哥，你们做什么去?!"

富生没有奇怪满妹做什么会打转身，就将一个惊天的噩耗告诉满妹："伯妈死了，我们是去叫你回来的。"

满妹不信，她甩开秀的手，冲过去抓住富生一顿猛摇："阿富哥，你说谎。我早上走的时候，我娘还好好的，送了我一路又一路，一直送到村口才停脚。我走出好远了，回头看，我娘还站着不动。"

阿富不可能拿这种事来说谎！

娘吃过中饭，就拿了一把柴刀，要去砍柴。爹还拦了，讲正月十五都还没有过，就上山砍什么柴。娘执意要去，说她年前就看到那座山上有棵杉树死了，怕去迟了，被别人砍去了。天都要黑了，还不见娘回来。爹先还有些发怪，怪娘怎么这么晚了还不回来，后来心里也就乱麻似的坐不住，抓了几根粗壮的葵花秆子，划了根火柴点着了其中一根，就出门往娘说的那座山头走，准备去接娘。前两天才下过一场大雨，山上还有些湿滑。一根葵花秆子已经烧完了，第二根又烧了半截了，爹还是没有接到娘。爹扯开嗓门喊："菊香子，菊香子。"爹听不到娘应，只有山的回声：菊香子。菊香子。娘怎么了？怎么爹这么喊，都听不到呢？爹手上的葵花秆子只剩下一根了，只好先打转身。

屋场里的人、村子里的人都惊动起来了。除了老的和太小的细伢子，都从自家拿了粗壮的葵花秆子，点着了，跟爹一起往娘砍柴的那条山路走。几十个人、几十根燃着的葵花秆子，赶走了夜的黑、赶走了山的黑，却没有一根可以引着娘回家。是富生第一个看到的，娘肩上扛着两根去掉了枝叶的杉木，杉木的两头分别卡在两棵茶树的树杈里。娘脖子的两边又青又紫，脚下的泥坡，全是娘挣扎过的脚印。娘活生生地被两根杉木卡死了……

满妹身上的骨头、筋好像一下子被人抽光了一样，一摊烂泥似的趴在富生的身上。她既不说话，也不哭，只睁了一双眼睛，茫然失神地看着被夜掩盖了的村子。

秀看到有人来接满妹了，本来打算和她爸爸打转身走的，看满妹这个样子，又不放心了。和富生两个人，一人扶一边，架着满妹往村子里走……

娘睡在她的千年屋里了，娘的千年屋老早就做好了，漆好了油漆，放在家里堆杂物的小屋子里。满妹胆小，看到刷了油漆的千年屋就怕，不管晚上还是白天，没有娘或爹一起，是不敢一个人进杂屋的。爹还训斥过满妹："真是没出息！一副空的千年屋都怕！"

满妹现在不怕了，她要去揭千年屋的盖。边上的人都来拦她，讲打开不得。大妹使劲抱住满妹，号啕着："满妹，满妹啊，我们以后就是没有娘的孩子啊。"满妹疑惑地看着大妹："阿姐太不孝了，怎么可以咒娘死了呢？娘肯定是喂猪去了，或者淋菜去了。"因为这两样事，都是满妹不喜欢做的，嫌猪栏脏，嫌屎尿臭。因为这个，娘还骂过满妹："这么爱清洁，你投胎的时候，为什么不睁开眼珠子，投到城里去呀？"骂归骂，娘从来不勉强满妹做她不愿意做的事。不准揭，满妹就去摸，边摸边流眼泪边嘴巴里念："阿妈，你不要睡在里面！阿妈，你起来！阿妈，满妹不去读书了，满妹去砍柴、去摘猪菜！阿妈，你就在家里，什么都不要做，满妹会剁猪菜、满妹去喂猪。"

十四

大崽近一点儿，拍了电报后的第二天下午，就带着媳妇女儿回来了。二崽远一些，第三天到的家。

屋场里有一个老规矩，凡死在外头的人不可以进屋场的厅屋。娘是在山里断气的，不管大崽、二崽是国家干部也好，都不能例外。所以，娘的千年屋就放在门口的那丘水田上，寸把长干扁扁的禾蔸子，就垫了千年屋的底，上面搭了一个比屋场的厅屋小的灵堂。

满妹家的至亲不多，但娘生前为人好，那些一表三十里的表亲，听到信后都来了。

两个媳妇想起娘生前对她们的好，眼睛里也含了眼泪。两个孩子还不知道死的含义，各自在各自的妈妈怀里，张着眼睛好奇地看着进进出出的人、纸扎的花圈、挂在竹篙上的挽联。

大妹的男人念在娘生前对他们家的帮扶，不要管事的安排，看事做事。有远客来祭娘，也一样跪着谢礼，眼睛也和两个舅子一样红红的。

大妹家的大小子和二小子，也老老实实、规规矩矩，喊他们哪个样就哪个样，脸上也一副要哭的样子。

大妹是一个劲地怪自己，说："阿妈呀，我对不住你哟，你养我这么大，为我操心了这么多年，我还没有孝敬您呢，你就走了啊。"

爹完全淹没在失去娘的悲痛之中，不太讲话、不太吃东西、睡也睡得少，长长的竹烟筒不离手，装烟的烟荷包不离身，时刻抽烟，抽了一筒跟着又抽一筒。鼻子里时时刻刻出烟。除了烟，就是酒，坐在饭桌边，他把着锡酒壶，自己给自己倒，喝完一碗，又倒一碗。

大崽、二崽怕爹会醉坏，抢了爹的酒壶抢了爹的碗，一人一边，架着爹的两条手臂，把爹架到屋场的厅屋里，要爹陪客。满妹眼泪行行地对爹说："阿爸，都怪我！如果不是我硬要读什么鬼书，陪在娘和爹的身边，摘猪菜、搞柴都包了，娘就不会出这样的事了。"

爹看到满妹眼睛肿了，又心酸又心疼，捉了一口气对满妹讲："满妹啊，不怪你，怪阿爸。阿爸陪你阿妈一起去，就不会有事了。"

满妹听了爹这句话，心像被人用刀子挖一样痛，转过身又喊狠心的娘。"阿妈，你怎么能舍得丢下我呀，我还不到十六岁，你就丢下我不管了吗？""阿妈呀，我小时候就讲，等我长大了，要给你买鞋子买衣服，你现在就走了，我以后买了，送到哪里去啊。"

　　帮忙的人、亲戚，听了满妹的哭诉，女的抬起袖子擦眼泪，男的抬起脑壳去看天。

　　天好低，好像就压在山顶上，大块大块的黑云逢墟一样，从别的地方赶来。怕是要下大雨了吧。

　　有个叔婆就讲，是赶来送菊香的嘞，菊香生前做了那么多善事，连老天都要送她最后一程。

　　满妹恨恨地看天，如果老天真有眼睛的话，就不会这么早早地把娘收走了。娘这辈子还没享过什么福啊，十九岁嫁给爹，二十岁生了大崽，一路生下来，生了八个，留下来四个。几十年下来，为家为崽女，累得跟牛一样，起早摸黑，没有睡过一个好觉，没有吃过一餐好饭，没有穿过一件好衣服。爹年轻的时候脾气暴躁，两句话不对，就动手打；中间几个来哄哄娘就走的崽女，摘了娘的眼泪摘了娘的心肝肺；大崽二崽出去早，根本就没有为娘代过什么劳；大妹怪娘没有让她读书，记恨了娘二三十年；满妹从小被宠坏了，动不动就跟娘发气，顶娘的嘴顶得娘上墙……

　　雨，降落就降落了。由于灵堂小，中间是娘的千年屋，两边摆着花圈、挽联，站着看热闹的和实实在在悲痛的，把灵堂挤得连插脚的地方都没有。娘平平展展地睡在她的千年屋里，闭着眼睛闭着嘴巴，面上也收得好。千年屋的尺寸都差不多，娘瘦，两边都显得空落落的。主事的就讲，放点稻草进去，免得等下上山的时候不好抬。帮忙的人就去拿了几捆扎好的稻草，放在娘的两边。娘的确是到另一个世界去了，帮忙的人往她身边放了一捆又一捆稻草,两个崽声音嘶哑着喊娘、大妹和满妹尖锐地哭喊,她都听不到,更感觉不到了。

雨停了。抬千年屋的讲,讲娘真是一个善心人,体谅他们,一出门,雨就停了。如果真的是这样,那肯定就是娘心疼满妹他们四兄妹,不想他们冒雨送她,不想他们在雨地里跪来跪去。

娘上山的路有两三里长,先大路,后小路。大妹满妹两个媳妇还有堂的表的姑表亲戚,抬了一个稻草扎的长草把走在前面,抬千年屋的在中间,其他的送葬的亲戚熟人在最后。分路的时候、拐弯的时候,满妹她们就要去下跪行礼。受礼的人一般双手托住,不让她们跪下去,地下湿,莫打湿了裤脚。满妹每次都是在他们伸手扶之前,就直直地跪下去了,双膝着地。跪下去、起来,起来、跪下去,一直跪到了山上。

娘生前最怕欠别人人情,指甲壳大的人情,她都是要还的。可是娘现在还不了了,满妹替娘还,下跪磕头还抬千年屋的、挖坟的人情。娘的情呢,娘生满妹养满妹的情呢?满妹这辈子都还不了了,更没有机会还了。

娘的坟是从千年屋的洞口子推进去的,把口子一封,娘就完完全全和满妹他们兄妹隔绝了。挖坟的把铲子给满妹他们,要他们兄妹每人铲几铲土,算对娘尽最后一点儿孝心。满妹铲一铲土,喊一声:"阿妈呀,你是不是怕你老了以后,我们兄妹不养你的老,像柞树湾的张家表叔婆一样没人管,你就想先走啊?"铲一铲,又喊一声,"阿妈呀,你是不是怕我长大了,你不想看到,就早早地走了啊?"

娘不能回答满妹,大崽二崽大妹也都沉浸在悲痛和内疚里。连山上的树、茅草都低了头,好像是在叹息娘走得太早了一样。

娘还没满五十六岁。

我的月光

　　太阳收工了。

　　一轮明月静静地悬挂在半空中。

　　我挑着一担柴急急地走在山间的小路上。

　　本可以不这么晚的,我肩上这担柴老早就割好了。只怪那一坡的柴实在太喜人,有半人高,且密实。今天是暑假的最后一天,明天就要返校了,我想把这一坡的柴都放倒,让母亲日后直接来挑干柴。因此,我只顾低着头挥舞镰刀,让那一片片柴在我的镰刀下齐齐躺下,却没有抬头看那轮红日,是早早落到后山去了。直到远山朦胧,眼前一片模糊,才觉察到天已经黑了。我赶紧找到挑子,挑起柴急急走下山去。

　　不能不急。天黑成这个样子了,我还没有回家,母亲会急坏的。母亲本不想让我今天出来割柴的,她说明天我就要走了,要我今天就在家里收拾一些要带的东西。是我硬说不要紧,东西可以等晚上再收拾。母亲年龄大了,腿上的风湿又重,一到阴雨天就发作,上山、下山十分不方便。而烧柴和猪食一类的农活,父亲是从来不伸手的,他说那是娘儿们做的。如果我不去城里读那劳什子的书,也和村里的那些姐妹一样,上山割柴,下田打草,母亲是不用这么辛苦的。可母亲从来没有为这个怨过我，她说我体质弱，若不发愤读书，以后进城里去工作，留在农村，我是吃不消的。母亲支持我读书，她把她卖菜的每一分钱都攒下来给我当零花钱。她说在家千日好，出门万事难，手里有钱，心里不慌。因为这个，好酒的父亲没少和母亲吵架。父亲的大男子主义很严重，家里有什么事，心里有什么话都不爱和母亲说。母亲其实很想我在她跟前的，有我在，她起码有一个说话的人。我每次寒暑假回家，母亲都是高兴得不得了。每次送我走时，总是眼睛红红的，悄悄地扭过头去。

　　我还很怕走这条山路。记得有一回，我跟母亲一块来这里打柴，也是天黑了，天上也有一轮明月。我挑着一担小柴走在前面，母亲挑着一担大柴走在后面。月光透过两边的树缝，在弯弯的山道上投下斑驳的影子。远远瞧着，好像是树后面躲了一个人似的。我一个劲地说，阿妈我怕，阿妈我怕。母亲先是鼓励我，叫我别怕。说有她在，什么神神鬼鬼都不敢来的。我还是怕，我要母亲走前面，我走后面。可没走几步，我又喊怕，总觉得后面有一个人跟着我似的。母亲停了脚步，她要我把柴挑子搁下。她说你别挑柴了，你挨着我、拉着我的手，你就不怕了。母亲的手很粗糙，但暖暖的，挨着母亲、拉着母亲的手，我就不再怕了。

　　远远地，好像是前面那个山头，有一个熟悉的声音传来："梅儿啊，梅儿，你在哪里？你不怕啊，阿妈来接你了。"

　　是母亲，是母亲来接我了。心里一暖，所有的怕意全在听到母亲声音的那一霎消失。我亦放开了喉咙大喊："阿妈、阿妈我在这里。"

　　母亲听到我的回应，瘦小的身子比月移树影动的树影移动得还快，她一边动，还一边说："梅儿，我下午把你要带的东西都收拾好了。还炒了几升瓜子、炸了一些红薯片，给你带到学校去吃。在你那件罩衣口袋里，我还放了二十块钱。你不要作声，我没有告诉你阿爸。母亲走着说着，只四五分钟的时间，就出现在我的视线中了。"

　　月光下，母亲的脚步不太灵便，僵硬又刻板。几十年来，母亲不停地围着锅台、围着一家大小，转啊转啊转的；母亲的头发，是和月光一样白了。那是她半辈子的劳碌、艰辛，二姐、三哥、三姐的相续夭折催白了的啊。

　　我鼻子一酸，几乎没忍得住要流下泪来。但我没让泪流下来，耸了耸肩，快步向母亲走去。

　　弯弯的山道上，月亮的清辉照亮了我要前行的道路。

母亲做的坛子菜

邻居送来一碟子泡菜，馋猫似的我用手捏起一块就往嘴里送。一会儿工夫，碟子空了，我意犹未尽，端起碟子，把剩下的一点儿汤汁也喝了。

其实，这泡菜的味道远没有母亲做的坛子菜好。

母亲年年都要做坛子菜的。

老家有一块很大的菜园，母亲一有空，就在菜园里忙。一年四季，菜园总是绿意盎然，生机勃勃。菜丰，吃不完，妈便拿去卖，或送人，更多的是用来做坛子菜。不论是水灵灵的萝卜、绛紫色的茄子还是长长的豆角，母亲都能把它们变成味道很好的坛子菜。

母亲做的伏大蒜尤其好吃，甜酸又脆。而做伏大蒜是很麻烦的，蒜子的老嫩非常重要。嫩了，有股苦涩味；老了，吃起来渣子多。母亲呢，总能很准确地把刚刚长得恰到好处的蒜子挖出来，轻轻敲掉附着在上面的土，然后拿到门口的小溪去洗。这洗也有讲究，既要洗干净，又不能损坏了蒜皮，必须要非常仔细，再将大蒜放在一个大筛子上晾干水，小心地放进浸水坛子，撒上盐，淋上甜酒水，在坛子口罩一层塑料纸，再盖盖子，边上再倒进一杯清亮的溪水。只消一个月，就熟了。一个个完整的蒜子宝塔般地堆在碟子上，金黄金黄的，好吃又好看。

母亲做坛子菜的时候，有时会哼着山歌，悠悠的，像门外汩汩流淌的小溪，是客家山歌，我听不懂歌词，只是觉着好听。唱着唱着，母亲的脸上会露出笑和迷茫，不知是不是想起了做姑娘的辰光。

山里人很淳的，磨一盘蕨粉，蒸几块年糕，都要互相送点品尝的。屋场里十来户人家，都夸母亲做的坛子菜味道最好。孤寡老人三叔婆瘪了没牙的嘴吃坛子菜的样子很滑稽，但母亲不准我笑。母亲经常帮助三叔婆挑水、劈柴。三叔婆逢人总说我母亲好。

那时的农村，少有零食，坛子菜便是农家孩子最好的零食了。在外面疯够了，玩累了，一溜烟跑回家，伸出脏兮兮的小手问母亲要坛子菜吃。母亲佯怒，拍一下我的小手，轻责一句"你个小馋猫"，然后拿一双筷子、一个碗，小心地揭开坛子盖，一筷子一筷子把坛子菜夹出来放进碗里。再舀一勺清水，把我的小手洗净，才让我吃。

上高中寄宿，家住城里的女孩子口袋里常有梅子、老姜之类的零食，但他们最爱吃的却是我带的坛子菜。母亲很惊异，城里也有"馋嘴猫"，但看得出，母亲是很欢喜的。

等我参加工作并成家后，却吃不上妈做的坛子菜了。母亲以为，坛子菜是山里的土货，而城里人是喝牛奶、吃面包的。老家偶有人来，母亲也只是捎几块用松枝熏得金黄的腊肉。坛子菜却不敢拿来，怕城里的女婿说岳母娘寒碜。也曾试过几次自己做坛子菜，却总没有母亲做的味。

哦，好久没吃母亲做的坛子菜了，真想吃。

喜欢看情感剧的老母亲

母亲喜欢看电视连续剧，在我家住的这些日子，中央八频道的长篇电视连续剧，母亲没有落下一部。看得那个投入、看得那个霸道，让老公、我、女儿都哭笑不得。尤其是专以谈情说爱为主题的情感片，母亲那个坚守，让我和女儿百思不解。

台剧《天地有情》《意难忘》播出的时间一般都是下午五点到七点，正是不少频道播送股市新闻的时间。我多数时间会让着母亲，反正网上的财经网站多的是，金融街、新浪财经、搜狐财经晚上上网看，也是一样的。若老公在家，母亲的连续剧多半就要让位了。母亲发怪，说："房子里还有两台电视机，常年不开，摆着做配相啊？"我耐着性子给母亲解释："没有机顶盒，信号就不好。一个机顶盒要六百多，另外每个月还要加收二十块钱收视费。"老公看到母亲那个失落的样子，很不忍心，说："我再去买一个机顶盒吧。"我坚持："你和女儿都很少在家，我又不太看电视，电视机多半还不是妈妈在看。"

俄罗斯的《爱情温泉》也磨得我够呛。十点档，湖南经视台、娱乐频道、电影频道，常会播一些好看的片子。我有时忍不住，就故意装着看不到母亲急切的样子，让母亲跟着我一起看我喜欢看的片子。母亲好有意思，如果那个片子，她老人家也喜欢，我就好运当头，不然，最后让步、忍痛割爱的准是我。母亲会想法子让我看不安心："你调下台，看那个片子开始了没有？""你调下台，看那个片子演到哪里了？""你调下台，看那个片子演完了没有？"这阵子，中央八频道晚间十点档播出的是韩剧《可爱的你》，母亲看得一点儿瞌睡都不打，不坐沙发，坐离电视机最近的大理石茶几，戴副老花镜，嘴巴一直张开着，不时发笑，笑得跟年轻姑娘一样。

女儿说母亲比我可爱，说我的思想没有跟着时代前进，还停留在八十年代，就只喜欢看香港的武侠片、功夫片、警匪片、生活片，不喜欢台剧、不喜欢韩剧。

我很想探究一下母亲如此喜欢看爱情剧的原因。有时，我耐着性子坐在客厅，陪着母亲看《可爱的你》。看了几集，我多少看出了一点儿眉目。

听母亲说，她老人家在嫁给我父亲之前，还被外婆放过两户人家。一户是地主，定亲没多久，那人就一命呜呼了。"多亏那个人是个短命鬼，不然，我就成了地主婆了。"第二户人家，倒是一穷二白的贫农，可惜那个人也没有娶母亲的命，一碗冷饭，引发了体内的伤寒症，死了。这令外婆很担心，近地方的都不敢说了，怕人家嫌弃我母亲八字硬，还没过门就克死了两个男人。

我父亲的八字也硬，硬过了我母亲。奶奶生了五个孩子，父亲是老大，两个叔叔死的时候，一个九岁、一个十一岁，两个姑姑是两三岁时死的。看八字的说，我父亲是孤头佬，两个弟弟、两个妹妹，都是父亲克死的。

我不相信什么八字硬不八字硬，但我知道，父亲是个炮筒子脾气，三句话不顺他老人家的意，他就会打人的。这个结论主要来自母亲对父亲的控诉："你阿爸那个炮筒子鬼，我永世都记得。摁到地上打，用脚踢。我没有被你阿爸活活打死，真是我命大。"

我相信母亲说的话，因为我看到过父亲打人，打二哥。当时，二哥已经被大队推荐去读大学了。春节回家后，二哥很少待在家里，不是给老师拜年，就是一帮高中的同学一起玩。父亲责骂二哥不该这样，可能二哥顶了嘴。父亲拿了一根锄头把粗的棍子，追着二哥打。我吓得"哇哇"直哭，抱住父亲一条腿，不让父亲去打二哥。

但我还相信，父亲除了脾气臭、打人这个毛病、缺点之外，一定有别的什么，拴住了母亲，令母亲死心塌地地跟了父亲一辈子。父亲过世二十多年了，母亲根本就没想过再嫁人。也许，是墟场小酒馆里的小酒、花生米，每年入冬后，家里蒸的那几百斤糯米。"香玉子，去喝二两酒去。""香玉子，你也喝一碗，早上冷。"

我故意问母亲："阿爸那么打您，您干吗还要跟阿爸在一起？快四十岁了，还要在一起，生了一个又一个。您为什么不在阿爸左一次右一次对您挥拳头的时候，跑回外婆家去呢？"

母亲拿眼睛瞪我，说："你以为是现在啊，动不动就喊离婚，结婚不到一年的喊离婚，结婚几十年的也喊离婚。我们那个年代，哪个男的不打女的，哪个女的不挨男人打。打打闹闹，一辈子也就那么过来了。"

母亲说得一点儿都不夸张。在我们那个偏僻落后的小山村里，母亲那一辈人，没有几对夫妻是把日子过得像水塘里的水一样平和的。小时候，我就常看到屋场里的大娘婶子们挨打。上屋场一个叫红鼻头的堂叔，打起红鼻头婶子来那个狠哟，跟打小偷打仇人没什么分别。也有个别厉害的大娘婶子，能反过来制服她们的男人的。那多半是她们的男人个头比她们小、力气比她们小的缘故。还有一种就是新媳妇，仗着自己新鲜得跟朵花似的，以此降服了自己的男人。

我想，母亲年轻的时候，应该是向往过爱情的，包括屋场里的那些大娘婶子，也是向往过她们的爱情的。梳着两条长辫子的母亲，一定有想过那个后来被定为地主的小伙子家里的家境如何，也有想过那个一穷二白的小伙子长得好看不好看。上大红花轿的时候，她一定是一边哭鼻子抹泪，一边想象着父亲会是怎么样一个人吧。

不容置疑，父亲的暴脾气给母亲造成的伤害是很大的。小时候，母亲就总跟我讲："和人讲话要好声好气，不要恶形恶相。老话常讲'好话一句三冬暖，恶语伤人六月寒'。"甚至在父亲过世之后，母亲还跟我说："你阿爸就是脾气太暴躁了，才会走得那么早。"

我无意责怪父亲，如果不是父亲坚持，就不会有他和母亲的这桩婚姻了。听母亲说，奶奶知道母亲前面两次放人家的经历后，死活要退亲，是父亲不肯，还说："她八字硬，我八字硬，两个八字硬的碰到一起，就好比青龙碰到白虎，是好姻缘。"我猜，这应该就是母亲从来不肯离开父亲的根本原因。

母亲是矛盾的，她一方面感激父亲，是父亲的坚持才避免了母亲遭受退亲的难堪和羞辱；另一方面，父亲的坏脾气又毁掉了母亲做姑娘时对爱情婚姻的美好憧憬。因为感激、因为儿女、因为当时大多数的夫妻都是那个样子，所以母亲无可奈何地选择了忍受。

我猜，老母亲之所以喜欢看情感剧，是因为她老人家在看那些情感剧的过程中，看到了她自己从来没有经历过和得到过的爱情的浪漫和温馨。这和当年没有涉足爱情的我，却喜欢看琼瑶的爱情小说，似乎有几分相似。我由衷地希望母亲能从这些电视剧中得到情感上的补偿，使她老人家的晚年生活过得更加开心快乐。想到这里，我悄悄地离开了客厅。

握住母亲的手

国庆节的时候,我们提前给母亲过了八十岁生日。

八十岁的母亲,门牙没了,边上的牙齿也都松了。饭不能煮得太硬,菜也是煮得越烂越好,喜欢喝稀饭喝汤。眼睛得了白内障,动了手术,视物还是有些模糊。脚没劲了,走路时,那脚是挨着地面拖,活脱脱就是老阿奶走路了。她的精神也越来越差了,只要是坐在客厅的沙发上,哪怕是刚吃了中饭、刚吃过晚饭,哪怕电视机开着,哪怕我和女儿老公在讲话、在说事,坐着坐着,母亲的头就会耷拉下来,上下嘴唇很没样子地扁起来。

母亲又在打瞌睡了,我的心就像被一只无形的手往下扯了一下似的,发慌,痛。我很想伸手去握住母亲瘦骨嶙峋的手,把我的生机、把我的活力、把我的精气神传给母亲,延缓母亲的衰老,阻止母亲的衰老。我没有伸手去握母亲的手,我怕母亲会不习惯,怕母亲会无端揣测。或者拍拍母亲的膝盖、手背,扯扯母亲的衣袖,或者轻轻叫一声母亲。母亲从浅睡中醒来,我对母亲说:"妈,您别老坐着,起来走走,就不打瞌睡了。"母亲不承认她睡着了。"看又看不清,总盯着电视干什么。闭着眼睛休息休息。"不能和母亲抬杠,说她就是打瞌睡了。为了少让母亲打瞌睡,我就老和母亲说话,引母亲说话,陪母亲打纸牌。

白天，只要天气好，不下雨，我就尽量挤时间陪母亲出去走走。所谓陪母亲出去走走，也只是去菜场买菜、去超市买东西时，让她跟我一起去。因为母亲的眼神不太好，总担心她走路时会碰着磕着哪里，所以一走出家门，我就会很自然去牵母亲的手。开始时，母亲还有点儿不习惯，总想甩开我的手。自己走了几步，一遇到小坎儿就趔趄着，才不甘心地把手放在我的手上。小巷里有认识我的大姐阿姨，见我每天都牵着母亲的手，慢慢地走过，就是买了东西回来，手上提了很多东西，还是一手牵着母亲，都会说一些夸赞的话。"真是孝顺的女儿，只见做妈的牵着孩子的手，少见长大了的女儿牵着妈妈的手。"许是别人对我的表扬让母亲听了很受用，多次以后，她老人家竟是很喜欢被我牵着手了。母亲被我牵着的时候，身子不会紧紧地挨着我，总是往开里走，弄得我要多费些劲拉着她。一两个小时下来，手臂都是酸的。我无怨怪，尤其是看到母亲低着头，很紧张很小心地迈着步子的时候，我的脑子里总会浮现女儿小的时候，我牵着她在路上走，女儿不老实，一蹦一跳的情景。我不知道我小时候，是不是也如同我女儿被妈妈牵着，一点儿也不老实。

母亲没有早先宽容了，变得爱生气了。给她泡的蚂蚁酒，中饭时喝得好好的，晚饭时就气呼呼地说不要了。中饭蒸的扣肉，中午吃得有滋有味，晚上再蒸了，先夹块肥的给她，她就看起来不太高兴了。我以为母亲是不要肥肉，赶紧夹了一块瘦肉，先放自己碗里，用手撕成一丝丝后再夹给母亲。母亲还是耷眉拉脸地说不要。母亲的口味也比原来淡了，为了迁就母亲，同样的菜量，原来一勺盐，现在只放大半勺。老公女儿都嚷嚷着说盐放少了，母亲却还带气说我："你们吃得太咸了，以后我不和你们共菜，你单独给我炒一两个菜。"我心想：妈耶，您现在可真会磨我了。您的菜要煮得烂，我们吃的菜先铲，您的多煮一会儿就行。您现在要分开炒。多费一道程序不算，又要多洗碗。您大概忘了，我是最不爱洗碗的。对于母亲的生气，我没有放在心里，也不敢放在嘴里。母亲吃中饭时生气了，饭后，我洗一个苹果，削了皮，再切成薄片，用一个小碗装了端给母亲。母亲吃晚饭时生气了，我就在看电视的时候，陪母亲吃梅子、吃饼干，听她讲古、讲老家的事、讲我小时候的事。母亲的生气，像夏天的阵雨，来得快，去得也快。只要我不往心里去，不和母亲计较，母亲是不会像我女儿一样，有什么事不如意，连着好几天都和我怄气。

有一样是很值得我们做儿女的庆幸的，那就是母亲的脑子没有跟着年龄一块老去。她老人家讲话的思路清晰得很，她说人老了不中用，"人老癫狂，树老叶黄"。跟我唠叨我小时候的一些事，她就说："嘴闲发光，手闲抓痒。"我老公烟瘾重，一个晚上看电视要抽五六支烟。母亲就悄悄地跟我说："抽那么多烟有什么益处，没个香没个甜，几十块钱一天，买别的东西不好？"我女儿贪玩花钱大，她就说我女儿，连"少时不努力，老了徒伤悲"这样的话也会说，让我生出一种"原来我的母亲并不是一个无知无识的乡里老妇哟"的感慨。我看股票实时行情，母亲也会站在边上，把头伸到电脑屏幕前，嘴里总问："你的股票涨了吗，涨了几分钱了？"如果两市都飘绿，我叹气，母亲也会在一旁安慰我："不会总跌的，总会涨起来的。"我的心里就不由得一暖，撒娇似的把头往母亲的怀里靠。母亲心疼地说："别看了，看久了眼睛痛。头勾勾的，脖子也难受。出去走走，活动活动筋骨吧。"

我轻轻地握了母亲的手。

大哥，生日快乐

第一次知道有你，第一次见你，是在我四五岁的那一年。

可以说，那一天的情景，是有关童年记忆最早的一个画面。

你是否穿绿军装、挎黄色的军用包，我不记得了。按理，应该是的，因为你是复员军人嘛。只记得你的包里有很多毛主席的像章。为了表示你对我这个小妹的疼爱，你选了最大的一枚挂在我的胸前。

你是怎么走进家里，阿奶阿爸阿妈二哥姐姐是怎么把你当客人一样地接待，我也不记得了。只有二哥时隔多年以后的追述，使我知道，小时候的我有些古灵精怪。二哥喊你大哥，我也跟着喊。我又咬着二哥的耳朵说："你怎么喊他喊大哥？"二哥笑着说："你也喊了啊。"我理直气壮地反驳："我是跟着你喊的呀。"

在河边，在草滩上，小小的我拿一根小小的竹棍子，看着我的一群小鸭子。高高的你弯下腰来，跟我说："小妹，地上有水，大哥抱着你，好吗？"我还有些认生，不好意思要你抱。

远远地有位堂兄走来，亲亲热热地喊你大哥。不知道你是被他喊得心热了，还是要显你是从外面回来的人，你要我把我胸前那枚毛主席像章给他。我不肯。你哄我说，你的包里还有一枚更大的。我信了你，乖乖地取下像章，给了堂兄。

你的挎包空了，那块原本缀满了像章的绒布被阿妈收进了她放针头线脑的抽屉里。我十分生气，哭着把你往门外推，说："我不认得你，不要你在我家里。"你一脸的心疼、一脸的内疚，说过年的时候给我买花棉袄，等我读书的时候给我买好看的书包。

过年的时候，你是否给我买了花棉袄，我不记得了。我只记得我第一天上学报到的情景：被阿奶阿爸阿妈宠坏了的我，不愿意去上学。阿奶阿妈哄我，说报了名回来，就给我去村里的代销店买豆子糖。阿爸吓我，说不去读书，就不给我饭吃。我既不信哄也不怕吓，抱着吃饭的桌脚，赖着不肯走。阿爸恼火了，对着我的屁股就是两巴掌，然后拎小鸡崽似的把我拎了起来。我不怕阿爸凶，伸手朝阿爸的脸上抓去，双脚乱蹬。你心疼得不得了，伸手将我从阿爸的怀里抱了过去。你从洗脸架上拿了毛巾给我擦眼泪，说我哭成个花猫脸，不好看啦。说我要是不读书，不认得字，连自己的名字都不会写，你和二哥就不会喜欢我了。慢慢地，我停止了哭泣。

兴许是你已经到了父爱涌动的年龄，你真的好疼我。不管我怎么淘气、任性甚至是刁蛮，你都不会骂我，更不会打我。我跟屋场里的堂兄弟姐妹斗嘴打架，只要是我哭着向你告状，你就不管是谁先动嘴谁先动手，板着脸就去找把我弄哭的人，摆出大哥的架子，吓唬人家。二哥说你这样子不好，会把我惯坏的。你不以为然地说："我的胆子已经够小了，再对我太严的话，我简直就没有小孩子的朝气了。"

又或者是因为二姐三哥三姐的早夭，再加上我的体弱多病，所以你也和阿妈一样，生怕一个不留心，我就会被黑白无常抓走吧。每次给家里写信，你都会问我怎么样，有没有生病，胖了一点儿没有。每年过年回家，你进门没看到我，就会很紧张地问阿妈，就会四处里找我，扯着大嗓门喊我的名字……

一晃，几十年过去了。那个留着童子头的小妹，而今已是烫着卷发的中年妇人了。你呢，更是满头白发，腰粗肚大了。男逢女满，二哥、姐姐、我，我们决定今年给你做六十大寿，你满心欢喜地答应了。

我因为惦记股票，上午没有和母亲二哥二嫂一块走，下午股票收盘后才动身。我打电话，要你们别等我吃晚饭。还开玩笑说："明天才是正日子，我晚饭不吃也不要紧，留着肚子明天吃好的。"没想到你却不肯，坚持说要等我。

晚饭够晚，七点半才吃。在锅子里热了又热的菜，一点儿味都没有。再加上晕车，我一点儿食欲都没有，只喝了小半碗稀饭。二哥打趣我，喊我林黛玉。你则一脸严肃，说我的体质哪这么差，还当不得你一个六十岁的老头子。我把头靠在母亲瘦瘦的肩膀上，说阿妈二十岁生你四十岁生我，我怎么和你比啊。

十一月一日是个好日子，暖阳高照。

你摆寿星的格，吃过早饭调兵遣将时，安排我洗菜。我躲懒，你要我只在婆婆家里待一个小时就回来，我却一坐两个小时。倒并不是我真的要躲懒，只怪老公的二嫂子是炒股高手，听她说红三兵多方炮挖坑，就忘了时间。为了找补没洗菜的过错，我很勤快地给二嫂打下手，递油、递盐、递酱油。两桌，二十几碗菜，差不多都是我从厨房里端到客厅去的。

我敬你酒，祝你生日快乐身体健康。然后又敬母亲和大嫂的母亲，敬客厅里的所有人。你和你的一位朋友说我的老公是谁谁谁，我拿眼睛瞪你：嫌我这个妹妹没给你脸上贴金是不是？你赶紧用左手拍我的肩膀，说我这个妹妹在网上写文章哩，网名是潇湘珍珠。一屋子的人，个个都笑。

顺话接话，我说我网上认的一个大哥，把我发在网上的文章做成册子，都做五个了。你是我的亲大哥，是不是也要为我做点儿什么啊？

母亲以为我是说真格的，冷着脸说："媛子，做人不能忘恩，你要不是两个哥哥供你读书，你能有今天的日子？"

是啊，我读高中的时候，阿爸阿妈就已经是五十几的人了，又只是在生产队里出工，没有来活钱的手艺。我每个月的生活费都是你和二哥负担，每个人每个月十元。在现在来说，十元钱不算什么，但在八十年代初，是很值钱的，你们月收入的七分之一八分之一呢。你和二哥都说过同样的话，说每个月发了工资的第一件事，就是去邮局给我寄钱。记得在县一中读书的时候，你来看我，带了两瓶油炸鱼、两瓶米粉蒸肉、一袋盐炒葵花子、一袋炒花生。中午，你带我去学校附近的井冈山饭店吃饭。你点了一盘青辣椒炒肉，一盆水煮活鱼，一碟红烧豆腐。你不怎么动筷子，动筷子也是给我夹菜的时候多，把肉把鱼夹我碗里，自己只夹点辣椒、豆腐。我问你怎么不吃。你笑了笑，故意挺了挺肚子，说要控制饮食，不然，弄个将军肚出来，大嫂就不喜欢了，我知道你是在哄我。你一点儿都不胖，脸上的颧骨打眼得很，也没有油光。见到你的同学都好羡慕我，说我的叔叔对我真好。我跟同学解释，说你是我大哥。同学都好惊奇，说你大哥比你大这么多啊。难怪，长兄疼小妹啊。

你是真的很疼我哩。瞧，你以为母亲这么说会令我难堪，马上用手弹了弹身上的皮衣。说阿妈冤枉小妹了，小妹送我的这件皮衣多合身，皮子多软啊。这么贵的皮衣，我自己还舍不得买呢。

母亲笑了，说她知道满女子有良心哩，只是嘴皮子痒，想让大家都知道满女子不要在家里种田，都是搭帮两个哥哥。

我也笑了，拉了二哥姐姐一起来干杯。我的祝酒词还蛮雅：为我们今生有缘做兄弟姐妹干杯。

二哥，下辈子我还做你的妹妹

很小的时候，我以为我只有你一个哥哥。因此，小小的我，就把全部的依恋都放在你的手里、你的肩上。

为什么说把依恋放在你的手里、你的肩上呢？因为那时的我老生病，阿奶背不动我，阿爸阿妈要出工，背不了我。只有你，在大队小学当民办老师的你，你的手你的肩膀，是我经常都可以依赖的。恹恹地在你的怀里、在你的背上。你说："小妹啊，你的脖子细得，我两根手指就能掐断。"

后来，大哥复员转业了。渐渐地，我把对你的依恋，分了一大半到大哥身上。那种转移不是顺理成章，而是因为大哥他无条件地包容我，不管我怎么任性，或者跟屋场的堂兄弟姐妹斗嘴打架，错的总是别人。而你不同，你不迁就我。随着我年龄的增长，你对我的要求越来越严。有时，你甚至一点儿都不管我的感受，不顾我的面子。是我的错就是我的错，你不会轻描淡写一句话带过。说得我哭了，你还会继续说。

记得二表哥结婚，阿爸带我先几天去，姨妈请阿爸掌大勺。大哥和你是在表哥结婚的当天，骑着自行车赶去吃中饭的。姨妈当你们是贵客，一到就叫人给你们打热水洗脸。大哥自己洗了就洗了，轮到你洗的时候，你却把我叫到跟前，拧了毛巾给我洗，连耳根子后面都洗到了。边洗嘴里还边数落我，都这么大个人啦，洗脸不洗耳后根，瞧耳朵后面多脏。那时的我，已有八九岁啦。羞得我只恨地上没有一条缝可让我钻进去。气得我在心里发誓，以后不要叫你哥哥了。姨妈她们看着听着，却说你这个当哥哥的好疼爱妹妹。

你似乎没有感觉到我对你的疏远，寒暑假回家，你总会给我买礼物。我的第一件的确良衬衣是你买的，我的第一条乔其纱的围巾是你买的。你是大队推荐去读大学的，是不是那时读大学是有工资的？不然，你一个学生，阿爸阿妈又没有给你寄钱，你的生活费从哪来？怎么还有钱给我买礼物？这些问题，我根本没有想过。

不记得是小学三年级还是四年级，你和大哥的来信以及回你们的信，你就逼着要我读给阿爸阿妈听，逼着要我写回信。读信不易，你和大哥的字都有些龙飞凤舞，我得前后对照着猜读给阿爸阿妈听。回信更不易，阿爸阿妈口述，我常常不知道是哪个字，所以一封信里常是错字别字连篇。你总会在回信的时候，一一给我指出来。

不知道是不是因为和你们通信，从开始有作文课起，我的作文总是受到老师的表扬。到公社中学读书后，任课老师不是你的老师就是你的同学，还有你的学生，他们看你的面子，都很关照我。你有和他们通信，了解我的情况。不知道是不是那些老师有在和你通信时表扬我，还是考虑父母年纪都大了，你和大哥都在外面工作，我若读书不成回家种田，会没人帮没人扶，会很可怜。你在我初中考高中考进了县一中后，只让我在县一中读了一学期，就把我转到你所在城市的一中读书。

你们那时好困难啊，你和二嫂的工资加起来才八十四元。侄女才一岁多，要吃奶粉要请保姆。房子也只有一通线的两间和一间厨房。你和嫂子带着侄女住一间，我和保姆住一间。你们的卧室里除了床和衣柜，还摆了一张你备课的桌子和你的一个书架。我和保姆睡的房子，则兼做饭厅。

你的脸还是绷得紧紧的，和我说话从不带笑容。我心里嘀咕，不想要我来就别叫我来嘛，又不是我自己要来的，老没有好脸色。连二嫂都说你："你也把脸上的皮放下来一点，妹妹见你就跟老鼠见了猫一样。"

从山区来到城里，我不习惯城里的暴冷暴热。冬天睡觉的时候，我把被子盖得上上的，连嘴连鼻子连眼睛，全在被子里面。你夜里起来换煤，经过我床头的时候，总要停下脚步，把我的被子拉下去。嘴里还要念叨："这么大个人了，睡觉盖被子都不会。"炎炎夏日，在老家从没有长过痧痱子的我，过足了一把长痧痱子的瘾。晚上热得睡不着，拿床拿枕头出气。在备课的你，或者已躺在床上的你，听到了，就说："把心静下去，就自然凉了。"

是上天可怜你的一片苦心吧。那一年，我是县一中文科班唯一一个上了线的。虽然只是一所中专，但铁定我已经跳出了农门，不要回老家过脸朝黄土背朝天的生活了。更让人高兴的是，那所中专和你们学校在同一座城市。

你送我去学校报到。除了那口装衣服的木箱子是我从家里带来的，其他的东西如盖被垫被床单枕头脸盆桶子，全是从你家拿来的。你推着单车，后座上绑着箱子被子走在前面。我提着桶子，桶子里装着口杯饭盆等小物件走在后面。你的背影依然是严肃又沉默。你的双手抓着单车的扶手，眼睛看着前面，单车上的行李，偶然回头看看我。

学校不大，怕还没有县一中的五分之一大，一脚跨进校门，学校的全景就尽收眼底。一栋教学楼，一栋老师的宿舍，另外就是只有一层楼的食堂澡堂小卖部。我接着录取通知书时的喜悦骄傲，在瞬间被击得粉碎，就像是从五彩云端直摔到地上。

你注意到了我脸上的失望,但你什么都没有说。放下我的行李后,你带我去了你的一个学生家里。你和他说了很多的话。临走时,你的学生和他的爱人非常热情地对我说:"要我以后生活上遇到什么困难,尽管去找他们。"

回到寝室,你帮我摆好箱子,铺好床,很有亲和力地跟在寝室里的我未来的同学说话,问她们老家是哪里的,要她们以后星期天和我一块去你家里玩。

你要走了,我跟着你的单车跟到校门口。你上了单车,骑出好远,回头见我还站在校门口没动,又停下来朝我挥手,很大声地叫我回寝室,叫我每个星期天都要回你家。

我看着你的身影在我的视线里越来越小,忍了一上午的眼泪终于夺眶而出。

我默默地翻看记忆中的老照片:你站在讲台上,给屋场里的堂兄堂姐上课,阿奶背着我站在窗户外,等着你下课后替替她的手;淘气的我钻进风车里玩,出不来,你双手直搓,比被困的我还着急,我自己左爬右爬,终于从风车里爬出来时,你的心才归了位;你送我去老乡家里搭便车回家过年,路上,你折进副食店,给我买了半斤蛋糕……

如果可以,下辈子我还做你的妹妹。

香香软软的推浆米果

外甥阿辉从家里来，进门就讨好似地对我说："满姨，我带了你爱吃的推浆米果和黄心的番薯。"

我本来有一肚子话要骂他的。阿辉乘坐的火车晚点了，晚了整整一个半小时，害得我做好了饭菜左等又右等，等得心里直冒火：三十多岁的人了，做事一点儿都不周到，明知道过了时间我会担心，也不说给我打个电话保平安。我打他手机又打不通。见了阿辉的人，听了阿辉的话，赶紧从锅子里端出饭菜，招呼他吃饭。

阿辉好像不饿似的，我都端起碗拿起筷了，他还在厨房里不知在干什么。我催他，他说就来。出来时，手上端了一碗炒热了的推浆米果。

哈，热气腾腾的推浆米果，圆溜溜、胖嘟嘟地裹了一层红艳艳的辣椒油的推浆米果，它们调皮地讨人喜欢地挨挨挤挤地堆在碗里，向空气中向我散发着浓浓的清香。我的喉咙里伸出来一只手，我的眼睛瞪得和碗里的推浆米果一样圆。我不吃饭了，筷子一个劲儿地往米果碗里伸，吃了三个吃四个、吃了七个吃八个，好像我已经三天没吃饭了似的，用狼吞虎咽、风卷残云来形容一点儿都不为过。

阿辉把我的吃相、馋相收进眼里，把他的恍然大悟从嘴里吐出来：原来满姨是这么爱吃啊，难怪我阿妈昨天硬坚持要做，还不准我和我阿爸敞开了肚皮吃。

一抹笑容，一抹如黄菊花一般开心的笑容，迅速地在我脸上绽开。

这姐姐啊，上次不是说，年纪大了，不想动了，做米果、打糍粑太费事吗？

国庆节的时候，侄女结婚。二哥千叮万嘱要姐姐来，我也打电话帮腔。姐姐还没有去过二哥家，也没有来过我家。他伸长脖子把姐姐等来的那天，我满心以为姐姐会带我爱吃的米果糍粑什么的，不想姐姐拿出来的是从商店买来的饼干，从农贸市场买来的板栗。

我一点儿也不掩饰我的失望，直截了当地说："姐姐，你干什么买饼干啊，我家食品柜里还有好几盒，没人爱吃，你给阿妈带去吧。还有板栗，去年大嫂给我的炒板栗还放在冰箱里呢。"

姐姐就很过意不去的样子，默默地把饼干收进包里，但坚持把板栗放下了，说是土板栗，别看个小，吃起来很甜。然后又笑着说我："出来几十年了，还是爱吃家里做的东西。"

我爱吃老家的一些土物儿，并不是说我有多不忘本，而是姐姐做的米果呀糍粑呀什么的，实在太好吃了。姐姐在娘家时，并不觉得她有多能干。不知怎么的，她出嫁后就跟换了一个人似的，尤其是做吃的，比母亲做的不知道好到哪里去了。同样是过年时候的碱水米果，姐姐做的就是比母亲做的味道好。出嫁后的姐姐，也好像比在娘家时还疼我，既使三个外甥相继出生后还是一样。隔个把月两个月，就要接我去她家住几天。

那时，姐姐家的日子，过得并不宽裕。五年生了三孩子，两个人挣，五张嘴吃，能吃饱就算不错了。我不知道，姐姐是不是有每天早上淘米煮饭的时候，就掐一点儿米出来，十天半个月，一个月，两个月，就可以匀出两三升米。春天有蒿子、有笋子，姐姐包蒿子米果。其他三个季节，姐姐就做推浆米果。姐姐做的推浆米果，圆溜溜，大小均匀，就跟机器压出来的一样，粉磨得细，和粉团的时间长。吃在嘴里，软软的、不硌舌头、不黏牙。如果放点儿油、盐、辣椒粉，回锅炒一下，就更好吃了。每次吃推浆米果，平常饭量不大的我，能吃不少。姐姐大概就是看推浆米果能打开我的食欲，所以才会想着从牙缝里省些米出来，隔个把两个月，就做一次推浆米果吧。

做推浆米果是很麻烦的。第一步，是用温水把米泡发，得大半天时间。第二步，是放石磨里去磨，磨成细细的粉。石磨本就很重，磨带水的东西就更重。难为体力并不是很好的姐姐，推着比自己的体重还重的石磨，一圈一圈地转啊转啊，要转一两个小时。夏天，自然是汗一身身，冬天，也要出一身毛毛汗。把磨好的米粉和成米团也不容易，没掺糯米，单靠水亲和，没大半个小时，是和不成团的。从一粒粒的干米到一个个蒸熟的丸子，姐姐是费时又费心。我从碗上夹起一个丸子，到送进嘴里，吞到肚子里，却快得很，不需要一分钟。姐姐真是自己给自己找事，一碗米饭，一碗掺番薯丝的饭，几块番薯，也同样可以填饱我的肚子。

母亲对姐姐说："你不要这么惯你老妹。你家里一堆的事，够你忙的了，还老惦着她干什么？你怕我会饿着她啊？她是个讨债鬼，吃什么，怎么吃，都不胖。"

姐姐就笑着说："阿妈，老妹的嘴是刁一点儿，吃又吃不了多少。看她瘦得跟灯芯草一样，心里过意不得。我累一点儿，不打紧。"

母亲也是嘴上这么讲，背着阿爸，她还是偷偷地给姐姐家送米，其中就有想要姐姐给我做推浆米果的意思。母亲没有做过推浆米果，不会做。

我清晰地记得，从我们家到姐姐家里去的那条弯弯的山路。既是山路，上坳下坳自然就多，逢雨天是很不好走的。我不用自己走，姐姐背我呢。姐姐说："老妹，你好轻哟，要多吃点，吃胖一点。细妹子人，胖一点才好看。你在姐家多玩几天，姐给你做推浆米果吃。"

相同的话，姐姐讲过多少回？我不记得了。我只记得，十五岁那年离开家乡，去二哥所在的城市读高中，姐姐连夜赶做了两锅子推浆米果，给我带在车上吃。在车站，客车都开出很远了，姐姐和母亲还一个劲地挥手……

"满姨，你笑什么啊。看你的样子，就像刚从大酒店吃了海鲜大餐回来一样。推浆米果真有这么好吃吗？"

"那是因为满姨能吃出你吃不出的一种味道……"

腊味飘香

小时候，我喜欢吃腊味，腊鸡、腊鸭、腊肉，腊肉吃得最多。

为此，母亲不高兴，常埋怨说："嘴巴这么刁！投胎的时候怎么不睁大眼睛看看？我们种田人的细人子，五谷杂粮哪样吃不得？"

父亲不对说我什么，反对母亲说："大崽二崽都参加工作了，大妹子也嫁人了，我们身边就这一个满妹子了，你就多做一点儿，也累不到什么。"

父亲发了话，母亲不好再说什么。唠唠叨叨地买来小鸡崽小鸭子小猪崽，养生蛋的鸡婆、专用来腊的阉鸡，七八只鸭子，两头肉猪等。

母亲是很辛苦的，既要和父亲一样在生产队里出工，回到家还要做饭、洗衣服、扫地、喂猪。做饭洗衣服，是乡里娘们谁都要做的事，躲都躲不了。猪，有些人家是不喂的。喂猪麻烦，要打猪草、剁猪菜、煮猪潲。

父亲很会排解母亲的情绪，他把看鸭子的事分派给我做，剁猪草的活则由他自己包了。父亲的手掌很大，他抓一把猪草，顶母亲抓两三把。父亲还淋菜，吃不完的菜，比如青菜白菜，是喂猪的上好饲料。还上山挖树蔸子，树蔸子是煮猪潲最好的柴火。

杀了猪，猪头猪脚去毛，洗猪肚子猪肠子，也都是父亲包圆。父亲怕母亲弄不干净，其实往往是父亲弄不干净。一头猪，除去头头脚脚、内脏、猪油、肥肉，能有多少精肉子呢？为此，母亲又叹气，说我："怕是上辈子欠了你的，这辈子这么来磨我！"父亲则呵呵笑着把精肉子剔出来夹到我碗上，呵呵笑着把肉皮撕给我。父亲的手指粗骨节大，冬天的时候还有裂口子，扯精肉子肉皮的时候，一点儿都不利索。吃腊鸡、腊鸭子，则母亲不要那么费心，父亲不要那么费事。我连鸡脖子、鸭脖子，都能把它们啃得干干净净。

俗话说：把猪大卸八块，其实远不止八块，十八块二十八块都有。父亲的刀功不错，切出来的肉，肘子是肘子，条是条，块是块，连腌肉都是父亲把关。母亲放盐没轻重，要么重了，要么轻了。重了，腊肉苦咸，腊肉的香味儿全给盐味儿抢了。轻了，则有股绵绵的味道，香味儿更打折。一块一块的肉，用盐腌了，放进一个大木桶里或者大瓦缸里，腌十天半个月，就可以挂起来了。挂肉，顶好用那种包粽子的粽叶，有一股粽香。挂哪里？挂灶屋灶头上的房梁子上。鸡、鸭子，也是一个一个地挂在灶屋里的房梁子上。

蒸饭炒菜烧水煮潲时的热气、冷烟，不着痕迹地钻进猪肉、鸡、鸭子的身体里，贴在它们的表面上。半个月、一个月、两个月，那黑黑的冷烟子就会一点点地把白肉白鸡白鸭子，涂成和锅底一样黑。看相是差点儿，吃的时候，洗起来也麻烦。要用热水、用稻草或稻草烧成的灰，一次两次是洗不干净的，至少要洗四五次。

母亲却不怕麻烦，每次都要花上小半天的工夫。先是大声大气地要父亲把腊菜从房梁上取下来，然后左手提肉，右手抓一大把稻草，高高兴兴地到门口那条小溪里去洗。好像要弄得满屋场里的人都知道，我家那天吃腊菜。

吃腊菜什么时间最好？三四月间、五六月间都好。最能起人胃口，是搞双抢的时候。从田里扯秧或插田回来，一闻到从灶屋里飘出来的腊味的浓香，满身的累没了，精神头有了，脚下跟生了风似的往家里跑。吃饭时，母亲笑盈盈地给父亲给我夹菜。我很舍不得似的咬一小口、扒一口饭，再咬一小口，再扒一口饭。吃到最后，我碗里的肉没了，菜碗里也没肉了，我会把菜碗里的汤汁也倒进我的碗里，汤汁拌饭，我也能再吃一碗饭。但多数人家的腊菜，是留不到那个时候的。

记得有一年，母亲养的两头肉猪，一头死了，一头交了任务，过年家里没猪杀，只能去杀了猪的人家买肉。依母亲的意思，要多买几斤猪油，肉也要肥一点儿的。父亲则坚持要多称瘦肉。母亲生气地对父亲说："你就只记挂着满妹子要吃腊肉！不要炒菜了是吧！父亲平日是很大男人的，那天却端不起男人的架子，破天荒地给母亲赔小心：满妹子娘，过年，大崽二崽买了酒给我，我不喝，你拿到供销社去退，退了再买菜油，好不好？"

我现在依然爱吃腊味。只是超市里买的腊肉、腊鸡、腊鸭，价格贵，味道却不怎么样，吃了一回，就不想买第二回了。姐姐每年也会给我腊一两块腊肉。但我又嫌洗起来麻烦，每次一整块一次洗了，然后放进冰箱里。不知道是不是冰箱里的除味剂把腊肉的香味儿除掉了，第二次吃的时候，感觉和超市里买的差不多。或许，是我的嘴巴比小时候更刁了吧。

能饮一杯无

阿爸说，酒是好东西，常喝能强身健体，增强抵抗力。

阿爸好酒，却不贪杯，在我的印象中，阿爸从未醉过。

阿爸喝酒有两条途径。一条途径是赶集的日子，阿爸带着阿妈去镇上的小酒馆喝老白干。每次都是只打半斤，要一碟花生米。两只酒杯，四目相对。虽没有文人骚客轻酌浅斟、吟诗填词的风雅，却是村里的大娘、婶子们羡慕阿妈好命的一桩事。

另一条途径是阿妈自己蒸酒。每年秋收后，阿爸必跟人换几百斤糯谷。待冬至后，一把子挑到碾米厂碾了。洗干净饭甑，准备上好的大块的柴火。最多的一年，阿妈光蒸糯米饭就蒸了一个白天。

喝自酿的米酒，多半是在春季春寒料峭，细雨纷飞的早上。阿爸要出早工，阿妈不烧火捞米，先给阿爸温一壶酒。待阿爸起来，用碗盛了，笑咪咪地送到阿爸手上。阿爸喝酒的当儿，阿妈总要捏捏阿爸的衣服，嘴里说："冷啊，还加件衣服吧。"

有时候，阿妈中午或者晚上也会温一壶酒，多炒一个菜，和阿爸有滋有味地喝上两碗。每一回，阿爸都要说："梅子，喝一小杯。"

我近酒，却没有学会喝酒，这都要怪阿妈。不晓得阿妈酿酒用的是什么酒药子，别人家酿出来的酒，十天半个月还是新酒，不兑水喝在嘴里跟白糖一样甜。阿妈蒸的酒，酒成就已是老酒了。我愤愤不平，说阿妈偏心，只惦记着阿爸要喝老酒。阿爸反笑我："挺大个出息，连喝酒都学不会。"我生气了，就要去抢阿爸的长烟管。阿妈笑着打圆场说："咱梅子不会喝酒，会读书，期期都是三好学生。以后挣大钱，天天打老白干给我们两个老的喝。"

　　阿爸却没有等到我挣钱，在我最后一个学期开学的前一天，因一场意外事故，撇下阿妈和我走了。走的时候，阿爸还没满六十岁。

　　我是在开学那天上午十点半接到二哥电话的。在电话里，二哥只说阿爸病重，要我赶紧赶到他们家会合。二哥二嫂找学校领导要车子去了，年仅五岁的侄女儿守着二哥他们准备带回家的一包包东西。侄女儿开口就跟我说："姑姑，爷爷死了。"我像是被人迎面打了一棍子，抓住侄女儿使劲儿摇："你胡说！你胡说！"一路上，二哥絮絮地跟二嫂说，阿爸这辈子辛苦了，没有享一天福。说着，大颗大颗的泪珠从二哥的脸上滚下来。我脑子里一片空白，以为二哥是在说别人家的事。

　　车子进不了村，在路边停下了。侄女儿睡着了，二嫂把侄女儿放我背上。我背着侄女儿，跌跌撞撞地往家奔去。远远地，我听到阿妈哀哀的哭声。我不知道是谁把侄女儿从我背上抱下了。我茫然地盯着一屋子的人，四处搜寻着那个疼我、宠我的熟悉身影。阿妈把我紧紧地抱在怀里，说："心肝啊，你阿爸丢下我们走了，你再也看不到他了。"

　　第二天，人更多。有空手来帮忙的，有提了东西送礼的。管事的要我登记来人来礼的礼簿，我不肯。只管一间屋子一间屋子、屋前屋后、满村子乱撞。我希冀着在猪圈里，看到阿爸正在喂猪；在河边，看到阿爸正在挑水。白天，我就那么浑浑噩噩地过了。夜深了,我也不肯去睡。我木木地靠在阿爸的棺材上,不晓得哭,也不说话。阿妈慌了,把我整个地搂在怀里,号啕大哭:"心肝啊,你阿爸已经走了,你不要吓我啊。"

第三天便是出殡的日子,出殡前的最后一道程序,是活着的亲人见死去亲人的最后一面。我迷迷惘惘地半倚在二嫂怀里,眼睛定定地望向那伸下棺材的手。棺材盖打开了,盖尸布一点点揭去。那躺在棺材里的人的头赫然落进了我的眼球。我发出猿一般的哀叫:"阿爸,阿爸呀。"我的身子奋力地向棺材扑,二嫂死死地抱住了我,我动弹不得。眼睁睁地看着棺材把我和阿爸分隔在两个世界。

起杠的唢呐吹响了,穿一身素白的我,被阿嫂搀着,迷迷瞪瞪地一步一步地跟在棺材的后面,走在送殡队列里。我还是不晓得哭,就像是阿嫂手里的一个线偶人。阿嫂说,给抬棺的师傅下跪行礼,我就直直地跪下去磕头再起来。阿嫂说,给挖墓的师傅下跪行礼,我又直挺挺地跪下去磕头行礼:"阿爸阿爸呀,你不是说要梅儿参加工作第一个月的工资给你买两瓶好酒喝吗?梅儿还有一个学期就毕业了,还有半年就参加工作了。你还没有喝梅儿买的酒呀……"

天无言,地也无语;鸟儿噤声,树木低头。唯我哀哀的哭诉,在山坡上回荡。

阿爸，清明节谁给你上坟

　　阿爸是八五年正月过世的。
　　每次想起阿爸的死，我心里就揪着痛。阿爸不是病死的，是出了一场意外的事故。
　　自从村里实行了联产承包责任制后，阿爸和阿妈就像两只勤劳的蜜蜂，白天总是在责任田、责任山、自留地上忙活。尤其是阿爸，年近花甲的他，竟然还当自己还是三十岁，每天差不多有十一二个小时就在田里在山上在土里做事。多数的时候，他们能够两头见星星。
　　那天，阿爸去挖山，顺便把两棵枯死了的杉树砍了，背回家做柴烧。天快黑的时候，阿爸才借着朦胧的夜光，扛着两根杉木下山。头一天才下过雨的山坡有些打滑，阿爸滑倒了。两根杉木的四个头子，分别卡在了前后两棵树的四个树杈上。看得出来，阿爸是极力挣扎过的，他想把杉木顶起来，以摆脱树杈的纠缠；前后移动，想脱离两根杉木的夹击。阿爸脖子的两边，满是乌青。我不能原谅自己，我是头一天离开家去学校的，口袋里还揣着阿爸给我的学费和一个学期的生活费。如果我不读什么鬼书，也和屋场里别的堂姐妹一样，出嫁之前都守在父母的跟前，有我陪着一块儿去，就不会发生这样的不幸了。

阿妈在家里做好了饭，左等右等不见阿爸回来，越等越心慌，喊了屋场里几个堂哥堂叔，一起打着火把去山上找阿爸。不知道是找的人没有尽心尽力，还是有什么古怪障了他们的眼。我家的那块责任山就二三亩大而已，找了三四个小时，足以踩遍每一寸土了，怎么当天夜里就是没找到呢？

横死的阿爸不能进屋，当我和二哥一家人接了电报赶到家里时，我们看到的是阿爸的灵棚搭在门口的一丘田上。里面睡着阿爸的那口冷森森、阴惨惨的棺材，就放置在收割后留下的禾蔸子上。那是一丘半干的水田，踩来踩去踩的人多了，鞋底上就有水印子。为家辛苦操劳了大半世的阿爸，死后居然不能睡在自己一担泥一担水、一块儿瓦砌起来的房子里。老天！你让我们做子女的，情何以堪呢？

阿爸十三岁就挑起了家里的生活重担。爷爷身体不好，重一点的活几乎不能沾；奶奶是大地主家的千金小姐，裹得跟粽子似的小脚，走路都颤颤巍巍的，又能帮阿爸什么忙呢？娶阿妈的铜钱、银子，都是阿爸一串串、一锭锭挣来的。阿妈很能生养，进门头五年，就生了大哥、二哥、三姐。那时刚解放，我家定的成分是贫农。贫农之家，能有什么家底儿。就靠着那几亩几分地，养活一家七口人，得怎么样劳作，才能让一家老小餐餐有饱饭吃？四姐、五哥、六姐是夭折了，但都不是过苦日子的时候饿死的。

我记事的时候，爷爷已经过世了，大哥在部队当兵，二哥是工农兵大学生，家里就奶奶、阿爸、阿妈、姐姐和我五口人。奶奶做不了事，我还不会做事，快要嫁人了的姐姐无心在娘家做事，阿妈做的是洗洗晒晒、烧火煮饭的家务活，生活的担子依然是在阿爸的肩上。我家的生活却比屋场里其他人家都好。逢墟的时候，阿爸会给我买包子、花卷、油条。有时候，阿爸还会给我五分钱、一毛钱，让我自己去村里的代销店买豆子糖和薄荷糖吃。

　　阿爸疼我、宠我甚至有些溺爱我，屋场里的每一个人都可以做证。而阿爸原本是信奉"棍棒底下出孝子，慈母多败儿"的，对于大哥二哥，阿爸的巴掌可是够大够重，还有那打起来痛死人但不会伤筋伤骨的竹条子、藤条子，是时常有落在大哥二哥的屁股上、大腿上的。姐姐虽然挨打不多，挨骂却是经常的。想必是四姐五哥六姐的相继夭折使阿爸的心变得柔软了，又或者是应了"爷爷奶奶疼长孙，爸爸妈妈疼满崽"的老话。反正是我娇气也好、任性也好，顶多惹得阿爸对我瞪眼睛、声音提高几度而已，那巴掌是举不起来的，就算举起来了也绝不会落到我身上。小我八岁的大外甥就讲过这么一句话："谁都怕外公，就满姨不怕。"记得六岁那年，跟阿爸阿妈去逢墟，去的路上一次也没喊着要背；回来时就像霜打的茄子一样，出墟场不远就喊着要阿爸背。阿爸哄我，说走到前面哪里就会背我。我不信哄，立定了脚不动。阿妈要弯下腰来背我，阿爸拦着，说不要理我，他们只管往前走，我自然会跟着走的。我没有跟，小木桩似地立在公路上。阿爸一回头，不停，走；再回头，还是不停，走；三回头的时候，阿爸打转了。趴在阿爸背上的我，还不解气，伸手去扯阿爸的耳朵。十四岁那年，我考起了县一中。阿爸送我去学校报到，一根扁担，一头挑着我的被子、枕头、脸盆、桶子，一头一口大木箱，里面装着我的换洗衣服、鞋子、毛巾之类的东西。办好报到手续，把东西送到我的寝室，又看了吃饭的食堂、打热水开水的水房、上课的教室后，阿爸说他去什么表叔家住一晚，第二天一大早回家。临走的时候，阿爸的大手伸进口袋里掏啊掏啊，最后掏出三块钱放到我手里。说等我肚子饿的时候可以买点零嘴吃。第二天上午下了第四节课，我回到寝室里，我看到我的床铺上有两个红红的大苹果。苹果是那个表叔给的，阿爸舍不得吃，巴巴地送到学校来。又怕第一次离开家的我，见了他走会哭，只特意去见了二哥的一个同学，要他多照顾我。

我还很清楚地记得小时候度过的那些山村夜晚。一灯如豆，阿妈在纳鞋底或补衣服，阿爸在剁猪草，我在既是饭桌、又是书桌的四方桌子上写作业。阿爸的手掌很大、手指很长，抓猪草一抓一大把，剁得又快又好。剁完猪草的阿爸，拿出他喜爱的长长的烟杆，"吧嗒吧嗒"抽他自制的山烟。如果我没在阿爸剁完猪草之前睡觉，就会爬上阿爸的大腿，要他讲故事。阿爸知道的故事可多了，什么姜太公八十遇文王，什么花木兰代父从军，什么薛丁山征西，什么穆桂英大破天门阵。只读过两年私塾的阿爸，怎么会知道这么多呢？想是他十四五岁就跟着屋场里的大人出去做生意，听说书的说的吧。

阿爸不只猪草剁得好，还很会挖树蔸子。山上的杉树、油茶树是集体财物，社员是不能砍来当柴烧的，但树砍掉后的树蔸子是谁都可以挖的，只不过不是每个人都会挖树蔸子而已。阿爸是挖树蔸子的里手，一颗大一点的树蔸子，连根拔起，可以装得两簸箕。我家煮猪潲用的大柴，全是阿爸挖的树蔸子。就这两样，屋场里别的大娘婶子就没法和阿妈比。她们的男人不是做不好这两件事，就是不愿做。

可能就是阿爸对阿妈很好的缘故吧，没有了阿爸的屋子，阿妈一天都不愿意待下去。阿爸下葬后的第二天，阿妈就跟着我们一块离开了老家，住在了二哥家里。跟着我毕业，二哥又想办法把我留在了他居住的城市。老屋空了，就连过年的时候，都没有人摆香火供品等阿爸回家享用。姐姐向来胆小，没有人住的老屋，她不敢回；有坟堆子的山上，她不敢去。每年的清明节，只有姐夫拿着镰刀，带着纸钱，去拜祭阿爸。

阿爸的坟，一年又一年，不再是刚下葬时那个高高隆起的黄土堆子了。这里塌下去了、那里陷进去了，还有一个个的老鼠洞，只有坟前三四尺见方的地方茅草稀疏些，坟头上的杂草密得透不进风。上山的那条路都找不到了，半人高的茅草，牵人衣裙的葛藤，横着生长的树枝，把小路遮了、盖了、堵了。大哥、二哥说了一回又一回要给阿爸修一个水泥坟，临了又这个事那个事给耽搁了。不知阿爸九泉之下，是否还能悠然地抽着他的山烟。

  我是嫁出去的女儿，是别人家的媳妇，也不能自作主张去给阿爸修坟。即使是清明节，也不能年年都回去给阿爸上坟。有好几年，都只能遥想阿爸塌塌扁扁的坟，在冷风冷雨里瑟瑟。

  又是清明节了，我拉拉杂杂地写下了这些伤心的文字，连同一叠一叠的纸钱，在远隔老家几百里之遥的自家的阳台上，焚烧给九泉之下的阿爸。但愿九泉之下的阿爸，还能悠然地抽着他的山烟，无怨无怪。

留在那个冬天的温暖

冬天来了。

冬天是农闲时节，山里、田里、土里，该收的都收了，要种的得等来年开春。生产队里不出工了，自家煮饭炒菜用的柴火早就备足了，猪们吃的猪菜也备足了，所以阿爸阿妈白天晚上都是守在家里。阿爸没什么事可做，我每天都可以缠着阿爸讲故事。阿爸的大脑袋里装着很多故事，比如花木兰从军、穆桂英挂帅、王宝钏守寒窑……阿爸也喜欢给我讲故事，只要我听话，不使性子，他就给我讲。阿妈则总有做不完的针线活，给烂了一两个洞的衣服打补子，给我做新鞋子，棉鞋还有布鞋。

可有一样是我不喜欢的，那就是早上不得不从暖烘烘的被子里钻出来。被子里面多舒服啊，软软的芦花枕头，厚厚的草垫，土布的大棉被。真是巴不得整个早上甚至一个上午，都窝在被子里不起来。哪怕肚子饿得咕咕叫，哪怕母亲吓唬说，再不起来，就把我的那碗甜酒粥吃了，我也宁愿在被子里猫着，能在床上多磨蹭一会儿是一会儿，能磨蹭多久就磨蹭多久。

母亲是不喜欢我睡懒觉的，总是在她捞饭之前就要把我喊起来。她先是用嘴喊，隔着屏风，在灶屋里扯着嗓子喊，那是绝对喊不起来的。喊了三四声，四五声之后，她老人家就会推门进房。先是把我的蚊帐撩起，用帐钩钩住。然后，她那双粗糙的、冷冰冰的手就伸进我暖烘烘的被窝里，拎小鸡似的把我拎出被窝。那个时候，我就鼓了一双眼睛瞪着母亲。心里巴不得母亲去走亲戚，我就可以想睡到什么时候，就睡到什么时候。

父亲是不会勉强我起那么早的，他甚至反对母亲法西斯似的野蛮做法。他说："冷兮兮的，你要崽这么早起来做什么？五六岁的细人子，你就让她睡一会儿，又有哪个来讲你不应该。"

很少顶撞父亲的母亲，在不让我睡懒觉这件事上，却是固执得很。她说："不能够让妹子人在娘家养成睡懒觉的习惯。一旦养成了习惯，以后嫁了人，一时改不过来，别人要说娘家冇教道。"

父亲就说母亲："亏你自己还是个女的，一点儿都不可怜做妹子的人。伢子是一世都在自己家里，在爷娘面前的日子长，管教严也就严点。妹子人在爷娘面前的日子，三份没有一份，应该由着她一点、顺着她一点儿。做了别人家的人，哪里还能由着她的性子来？"

母亲大概是觉得父亲说的话在理，从那以后，就再没有要求我在她捞饭之前必须起床。由着我睡过捞饭、蒸饭，要煮菜了，才会催我起来。

我也有不用母亲三喊四喊，自己麻溜地起来的时候。具体是什么时候呢？是"昨夜北风紧，开门雪尚飘"的时候。只听到母亲说："媛子，快起来啊，下好大好大的棉花雪了。"我保准一骨碌就从被子里钻出来，自己穿衣穿裤。在慌忙之下，我穿反了衣，穿错了裤子，左脚伸进了右脚的鞋子，急得母亲在后面追着喊："我的活祖宗，你慢点儿。"

母亲并没有追出来，因为她要捞米煮甜酒粥了。追出来的是父亲，手上提着他特意为我编做的小火笼，火笼上埋着几块刚刚从灶里夹出来的红红的柴炭。父亲的大手牵着我的小手，一同踏进厚厚的雪中。父亲的脚印大大的，我的脚印小小的。

雪，下得正紧。纷纷扬扬的雪花在冷风的吹送和陪伴下，或急切如饿猪叫槽，或缓慢如老阿奶走路，自半空中往大地的怀里落去。它们或飞或扑，自由自在、无拘无束。

　　我仰着头，伸着手，去接那大如棉花、轻如柳絮的雪花。那快乐的雪的精灵轻触我的肌肤后就不见了，只把湿湿的冷留在我的脸上、手上。我开心地笑着、喊着、跑着，故意使劲去踩积雪，为的是听雪在我的脚下发出的愉快的"咯吱"声，用手去捧那盐巴似的雪。

　　父亲像棵大树似地站在风雪中，两眼慈爱地跟着我的身子转动，直到我不停地把双手放到嘴里去哈气，才过来阻止我继续疯。父亲把我的手放在他宽大的手掌心里握着暖着，等我的手暖和过来了，就让我提着小火笼看他给我堆雪人。

　　父亲好像不怕冷，两只大手跟两把笤帚似的把雪扫成堆，然后团成一个球，再双手扶着雪球在积雪上滚，雪球越滚越大，大到够一尊菩萨像的时候，就对大雪球进行刮挖补的工作。经过父亲的打磨，一尊雪罗汉就出来了。

　　我嫌雪罗汉没有红鼻子，不好看。也不管阿妈是在切菜还是在灌开水，尖着嗓子就往屋里喊："阿妈，快拿一个干红辣椒来啊。"

　　阿妈的一只手上也许沾了菜叶或者拿着水勺或者是菜刀，另一只手上则是一个很漂亮的干红辣椒——我叫得太急，阿妈来不及放下手里的活呢。

　　阿爸给雪罗汉安上了红鼻子。

　　阿妈弯腰把我抱起，夸奖阿爸的罗汉堆得好。

　　又是飘雪的季节，可那个陪我堆雪人的父亲，已经长眠地下整整二十年了。母亲虽然健在，身体已是大不如从前了。早上，不管我怎么睡懒觉，母亲不会催我起床了。相反，是我一再地要求母亲睡晚一点儿起来。天冷，被子里面多温和啊。

　　窗外还没有飘雪，起来干什么呢？就算有雪，雪地里也没有了笑呵呵地给我堆雪人的阿爸了。就算有雪，也吃不到柴火煮的甜酒粥了。

哀哀我母

　　七月十六日清早，我被一串刺耳的电话铃声惊醒，我一跃而起，以百米冲刺的速度冲进书房。

　　果然是公寓周老板打来的电话："钟大姐，你妈妈昨天晚上喊的声音都变了，你赶快赶过来。"

　　我一听顿时慌乱了，立即刷牙、洗脸、收拾东西，做完一件事，我就会愣半天神，然后才能想起接下去该做什么事。打的，拼的，再打的，八点四十五分，我赶到了公寓。离周老板打电话的时间，刚好两个小时。

　　公寓把妈妈换到另一个房间去了。上个月死了一个老人的房间。我把不满、不祥写在了脸上。周老板解释说，是别的老人有意见，那间房子靠边上，影响小些。

　　瘦得不能再瘦的母亲，孤零零地晕倒在床上。"阿妈，阿妈！"我一连喊了几声，声音里含着害怕和恐慌。"你是谁？"很显然，母亲已经认不出我了。相隔四天而已，这四天，母亲该是怎样痛苦地等待盼望煎熬。

　　我一声一声地呼唤、哭喊着，把母亲已经模糊散泛的意识又喊了回来。"茂嵓，是我的茂嵓来了。"母亲的声音很弱，眼神好像也不对，手指没有了任何颜色，看起来像纸一样白。

大哥和二哥都打来电话，我跑到走廊里跟两个哥哥通话："周老板和贺姐都说，妈妈就这两天的事了。"母亲好像没有听到我跟两个哥哥通电话，一句话都没有问。她也不大喊哪里痛了，间隔哼几声，声音也只在嘴边转。干呕却比早几天频繁厉害了。无知愚蠢的我，以为是和平常打嗝一样，气堵在心里，每次都用手轻轻往下扫。叫我惊慌的，是母亲不要我时刻帮她揉。"茂崽，你累了，歇下子气。"上个星期，母亲是不会管我累不累的。我离开几分钟，上厕所，去厨房有事，母亲都会大声喊痛、大声喊我。

我拿出从家里带来的酸奶，问母亲："阿妈，喝酸奶好不好？我昨晚特意去超市买的。"上个星期，母亲喊要喝酸奶，我跑遍了附近的几家超市，都没有酸奶卖，只好买了果冻。学校放假了，学生都回家了，超市不进酸奶。这次终于买到了酸奶，我把吸管的一头插进杯子里，另一头轻轻地放进母亲的嘴里。母亲喝得很好，没像上个星期喂她吃饭一样，吃几口就不肯吃，一口气喝掉了大半杯。我松了一口气，以为是好现象，开心地问母亲还想吃点别的什么。母亲说想吃小香蕉。

我跟贺姐说出去买东西。跑了几家超市、几家水果摊，别说小香蕉，连好一点儿的大香蕉都没有。转来转去，最后买了几个苹果、一排爽歪歪、一杯八宝粥。

母亲喝了两口八宝粥就摇头不喝了。我不解地问母亲。"阿妈，你不是喜欢喝八宝粥的吗？"母亲弱弱地回我，"不想吃，反胃。""那就喝爽歪歪好吗？"母亲点头。

吃中饭了，贺姐端来一碗煮得很烂的稀饭。母亲喝了一调羹，就摇头不喝了。我心里发急了，对母亲说："阿妈，你不吃东西怎么行呢？""阿妈，你要吃东西才会好起来啊！""阿妈，你好了，能自己走路了，我就接你去我家住"。

贺姐很同情地看着我，对我摇头。周老板进来坐了一会儿，也是一脸的同情。"你两个哥哥什么时候到？看钟妈妈现在这个样子，怕就是今天明天的事了。"

我再一次慌了。给我老公发了两个字的短信："我怕。"我老公回了我八个字："我和姗姗晚上过来。"当时，我老公还在茶陵。

晚上八点五十分的时候，我老公和我女儿赶到了。是我老公的两个哥哥亲自开车送他们来的。我老公一看我母亲的样子，就很着急地问我两个哥哥什么时候到。大伯子和二伯子也是一脸的沉重。

送走他们后，母亲的房里就剩下我们一家三口。我老公要我和我女儿两个人轮着来，一个守上半夜，一个守下半夜。他就陪通宵，我让我女儿先去睡，女儿则说我辛苦一天了，要我先去休息。

刚在隔壁的房间躺下，就听女儿喊我："妈妈，快来，外婆拉了。"

我赶紧为母亲擦洗，过了几分钟，十几分钟，母亲又拉了。我再擦，再洗。反反复复六七回。我精疲力竭地坐在母亲的床头，用手轻轻地去摸母亲的脸。"阿妈，你不讲卫生哦。"

三点左右的时候，我实在有点儿撑不住了，看母亲又好像睡着了的样子，我便先去隔壁躺一下。没过两分钟，就听到母亲喊我。七点半，贺姐端来一碗米汤样的稀饭。"钟妈妈，喝点稀饭。"我母亲摇头。我示意我女儿去做我母亲的工作。"外婆，你听话，喝点稀饭。"我母亲还是摇头。我拿来爽歪歪，问母亲喝爽歪歪好不好？母亲依旧是摇头。我求援似的去看贺姐以及房间里任何一个人。"快！快把她家亲戚送的那粒几百块钱的能保命的药拿来！"说话的是在贺姐之前照顾我母亲的赵姐。

那是一粒安宫牛黄丸，装在一个红色的锦盒里，丸子有我的拇指大。我老公用小刀把药丸划开成四小份，我拿了一块塞进母亲的嘴里，然后用棉签蘸水去润湿母亲的嘴。母亲连棉签蘸的那点水都抗拒，不停地干呕。我急得声音都变了："阿妈，你别把药吐出来，大哥大嫂已经在高铁上了。""阿妈，你一定把药含着，二哥就上飞机了。"

赵姐要我再放半片安宫丸放我母亲嘴里，我照做了；贺姐拿来一瓶救心丸，倒了几粒塞进我母亲的嘴里；又记得有人跟我说红参白参蒸水喝可以吊气，要女儿赶紧去药店买参。能试的办法都试遍了，效果却不明显。十一点左右，母亲又拉了。我已经麻木了，不知道慌了，只机械地一次次帮母亲擦洗。

我老公拿出手机给我两个哥哥打电话。大哥的手机通了，说刚过韶关。二哥的手机关机，估计是在飞机上。

我再也控制不住自己，放声大哭："阿妈，你不要走。""阿妈，你要等哥哥他们啊，大哥大嫂就快到了，二哥已经在飞机上了。"

我女儿还在跟她的外婆讲道理："外婆，你答应了我，你会好起来，好了，去我家住，你说话要算数。""外婆，我还没结婚呢，你答应了我要喝我的喜酒的。""外婆，嫂子已经怀孩子了，你就要做太奶奶了，你还没看到你的重孙子啊。"

我老公一声接一声喊："妈妈""妈妈""妈妈"。

母亲不理会我的哭喊，不跟我女儿讲道理，不答应我老公一声，只顾着一点点地把心里的气呼出来，却不肯吸一口气进去。呼气也越来越慢，越来越慢，越来越慢……

"阿妈！""外婆！""妈妈！"

玉手纤纤

　　一双玉手，十指纤纤。男子轻轻地把其中一只手握在他的手上，就好像女子的手是一只做工烧制都极精致的瓷器，稍微用力就会碎掉，眼睛里满是怜惜柔情。

　　这是他们在给女子的父亲上坟回家的车上，女子随意地将左手放在座位的扶手上。男子很自然地把女子的手拿起握在他的手上，就如女子的母亲在自家的菜园里，把辣椒树上的辣椒、茄子树上的茄子摘下来放进篮子里，无需征求辣椒树茄子树的同意一样。女子想要抽回自己的手，用了用力，抽不动，干脆放弃，由着男子握着。是啊，都给自己的父亲上坟了，两人的关系就算确定了吧。关系确定了的一对男女拉拉手，有什么关系呢？一抹如水莲花一般的娇羞，从女子的脸上浮出。

　　回到男子的家里，男子撸袖下厨准备晚饭。女子手端一杯清茶，倚在门框上看男子操刀。男子问："会做吗？"女子摇头："不会。"男子微笑着说："没关系，不会就学。"女子撒娇说："不学。"男子大包大揽地说："不学就不学，以后所有的家务活我包了就是。"

　　谈爱结束，结婚。新房是租来的，没有专门的厨房，做饭菜就在走廊上。结婚后的最初一段时间，男人总是提前下班，买菜、做饭、烧菜、洗碗筷、洗衣服、搞卫生，男人全包了。女人什么都不要做，扶起筷子吃饭，放了碗看电视看书。有和女人差不多时间结婚的女同事来她家串门子，见此情景，大发感慨："真是同人不同命啊，你十指不沾厨房水，我的一双手却被洗洁精、洗衣粉泡得脱了皮。"

男人升了职，不能再提前下班了。女人学着去菜场买菜，回家后笨手笨脚地选菜洗菜、切菜煮饭，把所有的准备工作做好，只等男人回来炒菜。在通勤车上的时间，男人没办法缩短，他只有把下了通勤车后到家的那一长截路缩到最短，单车骑得飞快，进门就风风火火地系上围裙炒菜，边炒还边问女人："老婆，饿了吗？""老婆，饿了吗？"吃饭的时候，一个劲地给女人夹菜。一天，女人想给男人一个惊喜，在做好所有的准备工作后，她学着男人的样子系上了围裙，把菜锅拿到火上，捉起了锅铲。男人进门，看到饭桌上摆好的碗筷饭菜，露出了自结婚以来最爽的笑，然后很夸张地把女人拉进他怀里，在女人的额头上给了一个很响的吻。

有了第一次，就有第二次，渐渐就成了习惯。女人上班，早饭、中饭在单位食堂吃，下午下了班就去菜场买菜，回到家洗菜做饭炒菜。吃过晚饭，男人很累的样子，坐着不动，只顾着抽烟。女人体谅男人工作辛苦、坐车辛苦，自觉自愿又将饭后的打扫工作包了起来。不沾厨房水的十指，每日都要在充满油烟的厨房里沐浴十几遍。好在女人的手对她够友好，任由洗洁精泡、灶台的污垢侵略，还是一样柔软细嫩。只锅里的热油太过喜欢和她的手亲密接触，几个菜下来，总有几滴热油会跑到她的手上。第一回，男人很心疼，也很内疚，说都怪他没有把女人照顾好。时间久了，就不在意了，懒得听、懒得看，也懒得将女人的手放到鼻子底下去吹。

男人停薪留职，北上做辣椒生意，南下开饭店。女人一个人带着三岁多的女儿，自己要按时按刻上下班，同时还要按钟按点接送女儿上幼儿园。八小时以外，要买菜、要做饭、要洗衣服、要搞卫生，还要陪女儿玩，教女儿背唐诗、给女儿讲故事。女人累呀，累得晚上躺在床上，全身都跟散了架似的。那双曾经被男人称赞的手，没抓没靠地搁在身子的两边。

女人最无助的一次，是女儿读学前班的时候。单位有事，女人下班晚了，等她骑着单车匆匆赶到女儿学校，偌大的校园已是学生去校园空了。她没有问人，也无人可问，骑了单车又往家里赶。一路上，她左看右看，期望看到女儿小小的身影，差点儿和迎面来的一辆单车相撞，路上没有，家里也没有。女人掉转车头，又往女儿的学校赶。夜幕已经一点点地降下来了，视力并不是太好的女人无心注意轮子底下的路，一边把单车骑得飞快，一边扯着喉咙喊女儿的名字。喉咙硬了，带着哭腔的声音在夜风里飘荡。当第三次还是第四次回到家门口，看到一条小小的人影靠在门上，听到女儿喊妈妈的哭泣声，女人有多么惊喜，她跌跌撞撞地扑过去，伸出她长长的双臂把女儿紧紧地揽在怀里。

男人的路子走得不顺，做辣椒生意亏了，开饭店又亏了，折腾来折腾去，折腾了三年，也没有给留守的女人折腾出几张票子。票子没有折腾出几个，大男人的脾气却长了很多。再不会自觉自愿地做饭洗衣搞卫生，就算女人开口喊，也是喊一喊动一动，或者老半天才动。女人喊得烦了，索性不喊了，什么事都自己动手，权当男人还在外头做生意。

股风频吹，男人女人一同扑进了股海，先是男人去证券营业部炒，后来是电视上有实时行情，又开通了电话炒股，女人坐在家里也一样炒股了，再后来就买了电脑，开通了网上交易。男人不会打字，女人的纤纤玉指又多了一项任务。收罗各大著名财经网站，获取各种资讯信息。白天看盘盯盘，中午再困再累，也要苦撑着坐在电脑跟前。坐呀，坐呀，坐出了颈椎间盘突出，坐出了坐骨神经痛。眼累、手累、心累，手里有股、心里有股，就连梦里都是起起落落的 K 线图。

男人不能体会女人的压力，或者说是根本就不顾及女人的感受，盈利、财富积累的诱惑，远大于女人的身心健康。尤其令女人恼火、生气的，是男人的瞎指挥。操盘的是女人的手，手听命于大脑，而女人的大脑受控于男人，女人的大脑是傀儡，女人的手是机器。不当买的时候，男人要她买，当卖的时候，男人不要她卖。女人的辛勤付出，往往被男人的一个错误决定吞噬掉。看着银子变水，女人心里那个窝火啊，几次发气说她再也不炒股了。

能不炒吗？一双脚已经陷进去，白天看盘、晚上看信息，已经成了一种习惯了，如每天要吃饭要睡觉一样，哪里还能甩得掉？

可怜女人的一双手，菜刀柄、锅铲柄、拖把、抹布、洗洁精、洗衣粉等日常生活的琐事，没有使它们起茧、变粗糙，日复一日的电脑辐射、劳心劳神，却使女人像秋天的树叶一般，快速地憔悴、老去、枯萎，隐隐的褐色斑点，如夏天的汗珠子一般从女人的手背上冒出来。

女人把她的手深深地藏起来，人前人后。

看不到风景的房子

那是一间只有八平方米大的房子。女人参加工作的第二年，单位分给她的单人宿舍。

女人在那间房子里住了两年。婚前半年，婚后一年多。

那栋房子在单位的办公楼和宿舍楼中间，东西朝向。后面是一栋居民楼，前面不远处是仓库。办公楼、宿舍、居民楼分别是六、七层楼的楼房，仓库怕也有五层楼高，只有这栋房子是三层楼。夹在几栋规规矩矩的楼房中间，这栋单身宿舍就像个火柴匣子。

女人住的那间，在三楼的最后一间。夏天，早上一睁开眼睛就能瞧见火球一般的太阳，正午，太阳从屋顶直射下来。房子里跟蒸笼似的，不摇不动，也是汗流如注。窗子很小，两个胖大一点的人，往跟前一站，那窗户就给遮得严严实实了。从窗子里吹来的风带来一股油烟气、仓库旧物的霉味气。就算你从窗户上伸了头出去，除了看到楼底下光溜溜的一块水泥坪，也瞧不见任何风景。

女人一个人住时，还不要紧。因为女人在单位的食堂吃饭，吃了饭，碗筷也就放食堂的柜子里。房子里除了一张床，一张桌，就是床底下两口大木箱，并不觉得有多挤。白天上班，晚上回到宿舍，一本好小说，优哉游哉，倒还有几分惬意。

房子里装了两个人之后，感觉就大不一样了。热时更热，一吸一呼之间呼出来的气，流不动，转眼就热了。房子外还摆了他们做饭的炉子，房子里还有米桶、油壶之类的杂物。别说窗外没风景，就是有风景，也没有看风景的心了。

窗外没有风景，窗内却有两个大活人。尤其是肚子里有了两个人的结晶之后，女人的男人硬是给制造了不少的风景。

过道上的锅碗瓢盆，是男人制造风景的道具。那时，他们的工资都很低，男人还抽烟，双方家庭也都没有什么支援。好在女人不挑食，也不像别的怀孕的女人那么贪吃。他们每天只做一餐晚饭，早饭中餐分别在各自单位的食堂吃。男人怕食堂的饭菜没营养，晚餐变着花样给女人做好菜。海带炖排骨、冬瓜炖排骨、菠菜炖豆腐、猪血酸菜汤，吃得女人的肚子跟见风就长似的。

男人体胖，爱出汗。往火炉子跟前一站，那汗就跟淌水似的从脸上、脖子上往下流。女人要拿毛巾给他擦，他不让，要女人去房里坐着。他把毛巾搭在肩上，汗下来了，就自己擦一把。

饭好了，菜好了。男人把它们往桌子上一放，擦擦手，然后拍拍女人的肚子，小宝宝，吃饭啦。女人的胃不大，总是吃了一碗饭就喊饱了。男人不依，非得要她再吃几筷子菜，再喝几口汤，才准她放碗。

吃过饭要洗碗筷要搞卫生。这些事，也是男人包了。男人做事仔细，碗筷要冲洗两次，门窗、桌子每天都要抹，地是先用扫把扫一次，然后把拖把打湿了再拖一次。说是要让他们没出世的宝宝，每天都处在一个干干净净的环境里。

做完这些杂活，又要烧水洗澡了。没有专门的澡堂，洗澡分别是在一楼的男厕所、女厕所里面隔开的一个小间隔里。只有冷水，热水得自己去提。提热水，更是男人的事了。洗完澡洗衣服，那也是男人的事。女人心疼男人上班要骑那么远的单车，回来又要做这么多事，常抢着做一些不要太弯腰、太抬手的事。男人总是惊惊诧诧地喊："老婆，你放下，我来。"还说："我连一个住的地方都不能给你，害你受这样的罪，真是惭愧啊"。

说老实话，女人是在心里抱怨过的。谈恋爱时，未来的婆婆许诺搞一套两室一厅的房子给他们结婚。后来，她又答应在女人的单位附近租房，房租她出。新房倒是婆婆出面租的，只是没提房租的事。五十块钱一个月的房租，实在是一笔不小的开支。住了三个月，就只好搬回了单身宿舍。结婚时的大家具则寄在单位的一间杂屋里。女人的同事都说女人太傻，不晓得没有房子就不结婚。曾经给女人做过介绍的同事，则说风凉话。"你要是嫁给了某局长的儿子，别说两室一厅的住房，你也早调到局里去了。"女人不愿意让别人看笑话，有气有不满也不写在脸上。要抱怨、要吵，先关了房门，还尽量压低声音。

也许，男人的细心关心体贴里面，有爱的成分，也有补偿、堵别人的嘴的意思吧。女人心里明白，只是不去捅破那张纸，一心感念男人对她的好。

他们也有出去散步。但更多的时间是坐在床上聊天。男人不让开电视，说距离太近了，辐射大。男人说工作上的事，说听来的新闻、笑话。女人则说些自己小时候顽皮淘气的小故事。

该睡了。太热，电风扇吹出来的风都是热的。女人怎么也睡不着。男人就拿把大蒲扇轻轻地给女人扇风。大蒲扇扇出来的风凉凉的。女人睡着了，男人的睡意跑了。

一晃十多年过去了，他们早就离开了那座城市，也不知道那间房子还在不在。但那窗内的风景，永远印在了女人的记忆中。

左肩高，右肩低

他坐在沙发上，看上去成熟又稳重。

她也坐在沙发上，却像是刚从学校出来还没有脱下校服的学生妹。

他和介绍人夫妻、她的哥哥嫂子说话，回答他们的提问，自然、大方、得体，既没有热情过头，也没有小心翼翼，还不时地不着痕迹地将眼光扫向她。

她抿着嘴，介绍人不问她话，不开腔。双手合掌放在两个膝盖中间，眼睛看着离脚尖一二尺的地方，更没有抬头去接他的目光。

他总没有起身的意思，女主人都给他的杯子续了三次水，他的屁股还钉子一样地钉在沙发上。

她只想走，一次次用眼睛看她嫂子。她嫂子先装作没看见，后来也用眼神暗示她不能这么没礼貌。她只好开口跟她哥哥说，她还要回单位上去。

他马上站起来，他的个子不高，只有一米六七左右。估计和穿高跟鞋的她站在一起，看上去可能还没她高。他的嘴里说着好走的话，好像他也是屋主人似的。

她感觉，他的目光追着她的背影。

她没有回头，径自走了。忽然，她涌起一个念头：假如明日在大街上遇见，她还会不会认得出他？

第二天，他把电话打到她单位。

她很不高兴，说你不要打电话到我单位来，有什么事，你跟我哥哥嫂子说，要他们打电话给我。

他没有计较她的态度，反顺着她的口气说："以后没有得到你的允许，不会直接给你打电话。"随后，他又转着弯约她："星期六，你会去你哥哥嫂子家吗？"

她想说不会去。又知道不去不可能，她的哥哥还当她是在学校读书的学生。星期六不去他家，星期一，他的电话就会追到单位来。她只好老老实实回答："会去。"

她的哥哥嫂子似乎知道他会来。吃过晚饭，就急忙捡场。她的嫂子更是早就买好了瓜子、花生、水果，饭桌一收拾干净，她就摆上了装好了的碟子。

七岁的侄女儿很好奇地问她："姑姑，你喜欢那个叔叔吗？"

她烦侄女儿，便说："去去去，小丫头片子，知道什么是喜欢，什么是不喜欢吗？"

侄女儿不怕她，把她吃饭时取下的白围巾系在自己的脖子上，嘴里一边嚷嚷："姑姑要谈恋爱啦。姑姑要谈恋爱啦。"

他来了，手上还提了一个很漂亮的礼盒。

她坐在沙发上，很专注地看一部墨西哥的电视连续剧。

茶是她嫂子给他泡的，话也是她哥哥嫂子陪着他说。

他有些坐不住，要走。或者，他是有意这样的吧。

她哥哥要她去送他，陪他出去走走。她起了身，眼睛却还盯着电视屏幕，舍不得抬脚。

后来，她的嫂子说她："都满二十岁的人了，还这么老龙船似的一点儿都不急。别人十七八岁谈爱，谈得尽是劲了。"

又是下一个星期，他邀她去他们单位玩。

中午在他们食堂吃饭，他打了好几个菜，有肉有鱼还有汤。他总是往她碗里夹菜，拿勺子给她盛汤。有几个人很大声地喊："某某某，哇噻。某某某，哇噻。"

她认为他们太没有礼貌，心里泛起一丝不快。她低下头，用筷子尖挑几粒饭、一点菜放嘴里。

他却是脸有得色，大筷子夹菜，大口扒饭。

吃过饭后，他带她去逛商店。经过服装柜，他问她看中什么衣服了没有？经过首饰柜，他问她喜欢耳环还是项链，喜欢珍珠的还是喜欢黄金的。她一概摇头。逛了一个多小时，她只要了一包话梅和一瓶听装的可乐。

没过多久，她要参加自学考试。她规定，一个月不见面。

她不觉得不见面有什么不好过。白天上班，晚上在宿舍里看书，背会计原理、统计原理、政治经济学。他则好像地球忘记了转动、太阳不西冲一样地觉得时间过得太慢。隔天就要给她打电话，千篇一律地问她工作忙不忙，晚上睡得好不好，书看得怎么样。

三场考试考完后，她认为自己没有考好，估计很难及格，因此情绪很低落。中午饭也没吃，就躺床上睡了。正做着没考好的可以重考，并可以翻书、可以问别人的美梦，传达室阿姨的声声呼喊，把她从梦里拖了出来。

她趿上拖鞋就往传达室跑。是她哥哥打来的电话。哥哥很生气地说她："你怎么搞的，人家来一个多小时了，你还没有动身！"

天！她早就忘记了，跟他约好考完的下午在她哥哥家见面的。

也许一个月的时间真的很长。他看她的时候，思想里的某些东西全放在眼睛里了，看得她心里直发毛。

可能是过来人的缘故。她哥哥没有和往常一样，要她陪他出去走走。而是放下手上要备的课，从头到尾陪着他说话。

虽然她哥哥一再地找话题，他却像是提不起兴趣似的。总是一而再、再而三地把目光锁定在她身上。好几次，他都没有搭上她哥哥的话。

她的侄女儿鬼精，趴在她的肩膀上跟她说悄悄话。姑姑，叔叔喜欢你，比你喜欢叔叔多些。

又是周末，他约她去公园玩。公园里人多，她怕碰到熟人，要他别和她并排走，保持一米的距离。

他苦笑着说："我们这是谈恋爱吗？简直是搞地下工作呢。"

公园里没什么好玩。他们不是孩子，不能去玩滑滑梯，不能去坐碰碰车。只能东张一下西望一下地走着，也没有什么好景可看。花红柳绿的春季已过，绿荷满池的仲夏又尚未到。她觉得没什么意思，借口走累了，一屁股坐在一张圆的石凳上。

他也在她边上的一张石凳上坐下来，很小心地问她怎么了？是不是觉得公园没意思，要不要出去，去看录像看电影或者去吃冷饮。

她不搭他的腔，只把眼睛漫无目的地在行人身上、湖心扫来扫去。有手划的和脚踩的两种船在湖面上过来过去。手划的是小木船，两个人或几个人，拿着橹划着玩，她的眼睛一亮。

他捕捉到了她眼里的喜悦。马上起身，说去买票。他不想让她久等，所以不是走着去售票窗口，而是一路小跑着。

她看着他往前跑。眼睛里的喜悦，随着他的跑动越缩越小。

他跑步的样子，太难看了。左边肩膀抬得高高的，好像上面有什么无形的东西在提着似的，右边的肩膀则似乎有东西拉着使劲往下扯，整个身子往右边倾斜得非常厉害。手臂的摆动也是那么不协调，就跟很笨拙的机器人摆臂一样。

她很想，很想扭头就走。又想着这样做，太令他难堪，才勉为其难地坐着没动。

要划船的人很多，买了票也至少要等三四十分钟，才有空船。

等船的空儿，他又去买了汽水、瓜子、话梅、老姜和一份报纸。他说："等会太阳可能有点儿晒，可以拿报纸遮在头上。"

她强迫自己忘掉他跑步的样子。

他却以为，湖水清清、船儿悠悠，已经使他们的关系往前发展了一步。

她的哥哥嫂子也以为，他们发展得很好。她甚至觉得，她的哥哥已经做好了把她移交给他的准备。

不可否认的是，他很喜欢她。第一次见面，她的清纯，她的文静，就像磁铁一样地吸引住了他。尽管在后来的交往中，她勉强、她冷淡，也丝毫没有减轻他对她的好感和热情。他对她大方、对她细心、关心，的确是一个很好的结婚对象。

可是她对爱情呢？一直没有那种感觉。他热情的注视、火样的语言，给她的不是芳心悸动、有如鹿撞的感觉，而是害怕瑟缩，想躲开。尤其看到他跑步一边肩膀高一边肩膀低的样子后，她对他已从原来的没有感觉到感觉不舒服了。试问，一个双十年华的年轻女子，怎么能够容忍自己去接受一个形象令自己不舒服的男朋友呢？

最后，她还是吞吞吐吐地跟她哥哥说了。

她哥哥笑着说："这是你一辈子的事，心里有疙瘩可不行……"

左肩高右肩低的故事，就在她哥哥的笑声中结束了。

屁股两边摆

他们毕业于同一所学校。

他比她早一届。

她进校的时候,他已经毕业离开学校了。

两年后,她分配进了百货公司下属的一家大百货批发部担任助理会计。

他在公司财务科。

有一位好为人媒的肖阿姨跟她说,公司财务科的某某是一个不错的伢子。

她留意他了,他的个子不算高,一米七的样子,身架子却不小,方脸庞。他的嘴巴很有意思,不太像男人的嘴,两片嘴唇薄得跟剃胡子的刀片似的。眼睛也不简单,不管跟谁说话,他的眼神除了看说话人的脸,不会看别处,让说话的人以为他是一个很好很认真的听众。他常去批发部,有时是公事,有时是私事,办公事的时候不多。各个批发部都是独立核算,和财务科的关系,只是每个月报送报表。他和业务部销售部的人都很熟。外面很难买的紧俏物品,他随时都可以找业务部的人写条子;销售部几位负责开票的阿姨对他更是特别好,一样东西两样东西照批给他不算,那价格只是在进价的基础上加点运费。对财务上的几个人,他似乎有点儿看人做事。主管会计是一个老会计,他不敢在他面前拿架子;跟出纳和商品会计讲话,就显得不是太客气;对她的态度又不一样,似乎是因为毕业于同一所学校,多少有些关照的意思。

他似乎也在留意她,她看上去个子蛮高,至少有一米七三,长脸,皮肤白皙。但视力不太好,在公司里、在路上,她也从来不和领导同事打招呼。人很老实,在食堂打饭菜,不插队,不说大师傅打多了还是打少了,不说饭菜的好坏。胆小,说话声音大一点儿都怕会吓了别人,轻得跟没吃饱饭没力气说话似的。喜欢看书,常看见她去租书铺里租书看。晚上也很少见她出去,房子里的灯则亮到很晚。

她还是一张白纸。高中毕业那年,一位大学毕业、参加工作两年的远房堂兄跟她说,他等一位小姑娘长大等了好多年。不解人意的她直通通地回答说:"我们姓着同一个姓,我叫你哥呢。"读中专的时候,班上一位男同学问她:"毕业后想去哪里?想不想留在学校所在的城市?"她傻头傻脑地回答说:"不知道呢。"气得那位男同学说她以不变应万变。

他却很有女人缘。他的一个同学说他,只要是年轻的女人,不管高矮、胖瘦、丑俊,他一概是热情又周到,细心又体贴。有一个零售店的会计对他很有意思,常有事没事就往公司里跑。

她不知道自己对他是不是有好感,甚至不知道自己到底要找一个什么样的人。她嫂子的同事给她介绍朋友,她跟她的嫂子说,她不要见面,好尴尬的,先通信就好了。气得她嫂子说她,如果对方一个眼睛大一个眼睛小、鼻孔朝天,也不管吗?她很喜欢文学。唐诗宋词元曲明清小说近代当代的小说,她看了不少。写才子佳人的故事,是她最爱看的。如此爱好文学的她,应该不会找一个拿起小说就打瞌睡的人吧。鬼打墙,糊涂油蒙了心。每次看到他,或者他跟她说话的时候,她就会不自然、紧张、脸红，胸口像揣了一只兔子似的，"扑通扑通"乱跳。

有人泼她的凉水，说他很滑头，没什么本事，就会拍某经理的马屁。又说他的母亲很厉害，仗着男人当包工头赚了一些钱，就势利得很，眼里只认得钱。她嘴硬，说他有没有本事，他母亲厉害不厉害，关她什么事。好心被当作驴肝肺，同事有点儿恼火。说以后吃了亏，别怪她没有提醒。

那位肖阿姨也像是随口说说，说了一次，以后再没有提过。

公司合并，六个批发部的会计都统一到公司财务科上班。

公司没有另外安排人帮忙搬东西。抬办公桌，拿东拿西全是科室的人互相帮忙。批发部在一栋楼，公司在另一栋楼。轮到帮她搬东西时，他和另外一个男同事，已经热得脱了外套。穿一件贴身毛衣的他，裤子又有一点儿短，看上去和平常很不一样。矮了，胖了。明显小了的毛衣，让他的屁股看上去很大、很肥，走路两边摆。

"哗！"有一种东西，像流水一样，从她心里流走了。

见了他，很自然了。跟他说话，不再脸红了。但在同一科室、在同一层楼办公，接触的机会却多了。

她是进货会计。每天，出纳从银行拿回各个批发部的进货单子一厚沓。她先是按货物名称归类，是哪个批发部的就归类到哪个批发部，然后再划账，然后再送到各个批发部。月底的时候，她再跟各个批发部的商品会计对账。她是科室里工作量最大的一个，忙不过来的时候，她就忍不住发发牢骚。他主动帮忙，帮她分类、帮她过账。科室里有同事笑他，说大家都很忙啊，为什么只帮她，不帮其他的人。

摆明了，他是在追求她，好像他是一只蜜蜂，她是一朵花；她是一块吸铁石，他则是一枚钉子或者一块铁皮。他频繁地进出她的办公室，有事没事，一坐就是半个小时一个小时。看她做事，东拉西扯地跟她说话。公司搞什么活动，同事之间有红白喜事，要走很远的路，他等也要等着和她一块，要她坐他的单车。他单车的后座架不太好坐人，她总是从车子上溜下来。他要她抱着他的腰。她不肯，趁机说，你看，我连你的单车都坐不稳，命中注定我和你不能在一起。他信誓旦旦地说，他会用他的手他的心，紧紧地抓住她，不让她从他的生命中走开。

她不忍心直截了当地拒绝他，也做不出一副冷若冰霜的样子。

她好烦，同在一个单位、同在一个科室里，抬头不见低头见，如果以后分手了不谈了，却还要天天见面，那多尴尬、多难堪啊。

他向她保证，说他们绝对不会分手，他对她永远不会变心。

她还是觉得不好。她爱看书，而他拿起小说就打瞌睡；他爱打牌，什么斗地主、争上游、升级，没有他不会的，而她坐到牌桌前不到半小时，就会哈欠连天。在她的宿舍里，如果只有她和他两个人，那情景就有些别扭。她说书，他没兴趣；他说牌，她皱眉头。

她还怕同事会说闲话，说："你别老没事就往我办公室往我宿舍里跑，别的同事看着像什么呢。"

他居然说，那我们去工会开介绍信，然后去打结婚证。打了结婚证，时时刻刻在一起，都不会有人说闲话了。

她吃惊得不得了，说双方家里都还不知道，怎么就可以打结婚证呢。

星期天，他骑着单车带她去他的家里。

他家的房子很新，可能建了不到两年。房子也很大，上、下两层楼，有两百多个平米。和一般农村房子不同的是，他家的厕所建在房子里面。和房子形成鲜明对照的是他家里的冷清。他的父亲、弟弟、妹妹都不在家，家里就他妈妈一个人，穿一件草绿色的军大衣，很怕冷的样子。在他因什么事走开时，房子里只有她和他母亲两个人的时候。她跟他的母亲说，她这个人一点儿都不好，很任性，身体也不太好，要她劝他别喜欢她。他的母亲挺直了腰，好像一下子变得不怕冷了，说她不会干涉儿子的事。中午，在他的叔叔家里吃饭。她不记得桌子上有些什么菜、坐了些什么人。那些人，也没有当他是带了女朋友回家。她觉得他把她推到一种好尴尬的境地。一般的同事吗？又怎么会在大正月间一个人和他来他家。女朋友吗？他母亲、他叔叔一家人，好像事先根本就不知道有她这样一个人，当她顶了一棵隐身草，自顾说他们的、笑他们的、吃他们的。他们说话的声音很大，笑得很响。夹菜的姿势不是夹，是撬，往自己碗里抢似的。她很不自在，如坐针毡，食同嚼蜡。吃过饭回到他家后，她又冷，心里又难受，要他马上送她回公司。他不肯送她走，还强行要吻她。她不明白他怎么可以这样子，一点儿都不理解她的心情。何况在那之前，他们最多只是拉拉手，从没有接吻过。他还是拿走了她的初吻。

回到公司，越想越觉得委屈，她哭了。

星期一，他告诉她，说他家里不同意。说他母亲身体不好，他不能伤他母亲的心，没有办法，只能分手了。

不久，他家里给他介绍了一个女孩子。听说，女孩子的爸爸和他爸爸一样，是搞建筑的，家里很有钱。

后来，她见到那个女孩子了。她觉得，不论是长相身材气质，那个女孩子都不如她。尤其是脸盘子那个大，赶得上唱大头戏的，倒是和他很相配。

老　谢

老谢，是我家以前的邻居。

我们刚搬去的时候，他还是一条光棍汉，五十岁左右，个子矮，黑且瘦，却不相称地有个大肚子。烟抽得厉害，一口牙齿，黄黑黄黑的。张口说话时，就有一股烟臭气从五脏六腑扑出来。

他是一名普通的工人，在一家大集体玩具厂上班。很少见他们同事来他家串门子，估计在单位的人缘不怎么样。还缺亲少友，逢年过节，不见他去走亲戚，也不见有人给他拜节。

他只和店里买的、口袋里装的、两根手指夹的、抽进肺里的烟亲近。烟的牌子是市面上很差的一种，经济烟，一毛七分钱一包。楼下摆烟槟榔摊子的邻居很不待见他，背地里说他："死抠门，铁公鸡。没儿没女没堂客，不晓得省钱给哪个！"

说起老谢的节省，居民点一些堂客们都不如他。他一年用不了五吨水，一个月照不了十度电。分摊水表电表和总表的差额的时候，他那个拗劲儿，真叫人厌。几家共表的邻居当面说他，"挨门对户住了几年，不是亲戚也处亲了。没想到你还是这么斤斤计较，逢进不逢出。"老谢一点儿都不难为情，反而振振有词。"我水龙头开得少，灯亮得少，损耗当然就小了。我一个人，你们一家都是几个人，按户头分摊，你们摆明了占便宜"。

相处久了，却发现老谢是一个不喜欢占人家便宜的人。我家的那位也是一把好枪，又有点儿烟酒不分家的思想。他点烟的时候，在场烟客人人有份。老公抽的是盒白沙，一支抵三支经济烟。老谢不好意思装他的烟给老公。一次、两次、三次，老谢觉得他欠了我们的人情，总想着要还。我家孩子稚声稚气叫他大伯伯的时候，他总是满心欢喜地答应。

一起抽烟的时候，老公就问他："为什么不找一个，成个家呢？"老谢拍拍肚子说："一个人吃饱，全家不饿。自由自在，无牵无挂，多好。"有快嘴的堂客就趁机封他的嘴，说："就你那一身烟味，哪个女人愿意嫁你。"

谁知没过多久，老谢就交上了桃花运。别人给他介绍了农村的一个中年寡妇，还带着两个孩子。也没见他们举行婚礼、办酒席，两个孩子就搬来跟老谢住了。那女人却还留在乡下，说是舍不得那几亩田、几块地。

邻居们都摇头说："说老谢是有蠢气，说那女人根本没打算对老谢尽堂客的责任和义务，只想让老谢帮她养儿养女，她的心思还在去世的男人身上。"

老谢却不管这些，一副有儿有女的自得相，他乐颠颠地跑去找单位的领导，要求提前退休，让女孩顶他的职。他想尽办法托人、找关系，把男孩送进了最近的一所小学读书。

那女孩十七八岁了，长得白白净净，惹人怜爱。嘴又甜，几天工夫，就和左邻右舍混得烂熟，在我家出出进进更是如同自家一样。那个男孩九岁多了，性格内向，总是木木地站在公用的阳台上，看着对面的大楼发呆。我喊他："伢子，进屋来看电视。"他也不回话，只是摇摇头。

老谢偶然也去乡下住几天，回来必然满脸春风，看起更像一个父亲。女孩儿外面玩回来晚了，他要说；男孩做作业不认真，他也要说。最让人想不到的，是老谢居然把抽了几十年的烟给戒了。说家里人多了，开销大，能省一个是一个。

男孩升初中了，因不是城市户口，要交两千块钱异地费。老谢眉头也不曾皱一下，就从存折上取了两千多块钱，带男孩去学校报到了。邻居们又是摇头又是叹气，直说老谢是鬼打了脑壳，脑袋不清醒了。

女孩谈恋爱了，班不好好上，一天到晚就知道跟对象看电影、逛商店。老谢脸红脖子粗地骂女孩不争气。女孩撇撇嘴，说自己母亲有的是钱，就算他们不工作，她母亲也养得起。老谢倒也不一味地蛮横，趁机去乡下把女人接了来。要女人自己做女孩的工作。无奈女孩铁了心，任由亲妈养父横说竖说，就是油盐不进。

眼瞧着女孩生米煮成了熟饭，老谢反倒劝女人想开些。老着脸去求未来的亲家母，趁女孩肚子还没有显山显水的时候，把喜事办了。又拿出一部分积蓄，给女孩置了一份像模像样的嫁妆，体体面面地把女孩嫁了出去。

女人被感动了，把乡里的田土都安排妥了，一些能拿的、能带的物件全给搬了来，一心跟老谢过日子。原来说老谢是发蠢气的邻居，也从心里替老谢高兴。

好日子不长。女人病了，开始只是轻微的感冒。女人舍不得花钱看医生，自己胡乱在药店里买些感冒药吃。一拖再拖，病势就重了。送医院，医生检查后，说要住院治疗。却又只当重感冒治，每天吃点抗病毒的感冒药，吊点消炎的药水。应该是药不对症，女人的病势非但没轻，还一天重过一天。老谢怀疑医生的水平，找了院长要求转院。女人不肯转院，拉着老谢的手，要老谢带她回家。"我的病治不好了，别再花冤枉钱了。"老谢宽慰女人说："乱讲，重感冒而已，哪有治不好的。我们去大医院，保证很快就治好了。"女人执意要回家。

邻居们都去看女人。女人总是哭，好像知道自己日子不多了似的，说："我对不住老谢啊。自从我嫁了老谢，给老谢添了多少麻烦啊。这辈子，我是还不了他的恩情了。希望下辈子，我和他还有缘结成夫妻，我当牛做马还他。"

老谢也难过，刚刚品尝到女人发自内心对他的好，对他的知冷知热、掏心掏肺，正陶醉在一家三口在一起过日子的和美温馨中呢。晴空里一个霹雳，女人的一点儿小感冒拖成了大病，医生也无计可施了。

女人走了，带着对儿女的万分不舍，带着对老谢的万分愧疚走了。

一年后，老谢也走了。老谢的死和他的大肚子有关。老谢的大肚子里，不是肠肥、不是油厚，是长了一个瘤子。

叶 姐

　　叶姐对她老公那个好哟,啧啧,整个红旗一村,再找不出第二个了。

　　他俩在一个工厂上班,叶姐是油漆工,叶姐老公谢大哥是电焊工。都说不上忙和累,厂子没有接到业务的时候,叶姐可以坐在办公室里,一张报纸看半天,谢大哥则一杯茶也能喝半天。

　　出了单位的门,则不一样了。中午,叶姐打着飞脚赶回家做中饭。他们的儿子读中学了,正是吃长饭的时候,一日三餐只能向前提,不能往后推。下午,先火急火燎去菜场买菜,买好菜再速速往家跑。买菜做饭、搞卫生、洗衣服,全是叶姐的事。日常生活用品的添置,交水费电费,连买煤都是叶姐张罗。谢大哥回到家里,那是老爷一个。扶起筷子吃饭,放下碗走人。茶要叶姐泡,洗澡水要叶姐放,换洗衣服要拿到他手上。看电视,沙发一坐一个窝。叶姐扫地拖地,要他抬抬脚,他还不情愿。就是家里请客,也是叶姐一个人厨房客厅忙得团团转,谢大哥是绝对不会伸手帮一下忙的。

　　叶姐小事大事都包了,谢大哥岂不是很闲?恰恰相反,谢大哥忙得很。比叶姐都忙,忙得连回家吃饭都要叶姐喊。星期一至星期五的晚餐,星期六、星期天的中晚餐,不喊就不会回家吃饭。喊一声两声还不行，得三喊四喊，甚至是叶姐亲自去请。叶姐站在她家的阳台上，上半截身子伸出阳台外，对了楼上楼下，左边右边对面的房子喊："谢哥，回来呷饭哒。"叶姐的嗓门很大。她家又是住在六楼。她的声音从高处往下落，那力度足以到达红旗一村的任何一个角落，传进每一个人的耳朵。

　　我每次听到叶姐这么喊的时候，就忍不住想笑，自然而然地就想起小时候在老家，每到吃饭的时候，屋场里有细崽的阿妈们，就伸长了脖子，扯开了喉咙，对着生产队的晒谷坪、门前的小河喊："某某崽呀，归来食饭了。"红旗一村的男人们听了，则眼里冒绿火。说这样的堂客，再得多娶几个。女人们则有不同的看法，善意地说："这小叶啊，有哈气。哪个女人对男人像对自己的儿女一样的。"

　　那谢大哥到底在忙什么？他忙摸麻将、打纸牌哩。他的牌瘾可重啦，一天不打手痒，两天不打心慌，若是三天四天没牌打，那就跟病了似的蔫头蔫脑。只要有牌打，谢大哥可以饭不用吃，觉不用睡，在牌搭子家里过夜、打通宵是常有的事。他们打牌都是带意思的呢，一二五、一二五挂零、扎鸟，名堂多得很。赢可以赢好几百，输起来有上千。好在经常一起打牌的都是几个老邻居老同事老朋友，今天你赢明天他赢，有赢有输，出入都不大。

　　叶姐不管谢大哥赢还是输。她家的经济大权掌握在她的手里。她自己的全部收入、谢大哥的工资和年终奖金，全由她自由支配。留在谢大哥手上的，只是一些津贴、补贴、加班费，接私活的劳务报酬。不用担心叶姐会趁机存私房钱、接济娘家、买高档化妆品、买好衣服，在叶姐的心里眼里，除了儿子，就是谢大哥了。娘家、她自己，那是排在儿子和老公后面的。在儿子、谢大哥身上花钱，叶姐大方得像个财主。对儿子，是有求必应。给谢大哥买好烟，一入秋就买龟鹿驴三膏给谢大哥进补。对她自己，则小气得什么似的。和叶姐做了六七年邻居，没见她穿过一件高档衣服，画过眉、打过口红，更别说进美容店洗脸、理发店洗头、做按摩了。发型年年一样，花八块钱在巷子里的小店子烫，长了，再花两块钱修剪。有时忍不住就臭她，说她是二十四孝老婆。

记得听叶姐说过一些谢大哥家里的事。谢大哥的父亲是国民党军官。谢大哥的母亲是他父亲遵父母之命在乡下娶的大老婆，夫妻情薄，就没让她随军。谢大哥才一岁，连他父亲的面都没见过，父亲就离开了大陆。谢大哥没享父亲的福，却因父亲的身份而备受歧视。"造孽呢，可怜呢。我家娘一个妇道人家，带着两个儿子，孤儿寡母，受尽了人家欺负。谢哥身体不好，就是小时候饿的、冻的、苦的。"说着说着，叶姐的喉咙就哽了，眼圈就红了。

叶姐是从心里疼谢大哥哩。她听说多喝豆浆对身体有好处，就立马去买了一台豆浆机。中午进门的第一件事就是把黄豆泡好，吃过晚饭洗了碗筷，跟着就是磨豆子、煮豆浆。晴天、雨天，双手端着或一只手端豆浆、一手打伞的叶姐，双眼看的不是脚下的路，而是手上端着的杯子。见着的人说她："你那谢哥的命是命，你自己的命就不是命啊？一杯豆浆洒了，值几个钱，你要扭了脚、闪了腰，谁受罪哩？非得一煮好就巴巴地送去，是不是他打完牌回家后再喝，那豆浆的营养价值就没了啊？"叶姐不分辩，只说一个人在家里坐着也是坐，不如顺便去看看打牌，时间过得还快些。那说话的人没了话，只是摇头笑。

谢大哥似乎不怎么领叶姐的情。对前去送豆浆的叶姐，总是要理不理的。不会因叶姐那么大一个人，不会因为叶姐手上热腾腾的豆浆，而减轻他摸牌进来时的紧张和打牌出去时的谨慎。如果他手气不顺，叶姐又老催他趁热喝豆浆，他就会气呼呼地冲叶姐瞪眼。说："天这么冷，送什么豆浆，在家里待着烤烤火不好吗？"假如他的牌风本来很顺的，叶姐去了之后，他喝了热豆浆之后，却一连放了几盘炮。他就会很不耐烦。说："总看什么看，早点回去睡吧！"

九十年代初，谢大哥的父亲，四十年没音没信的父亲突然回来了。谢大哥跪倒在父亲的膝前，号啕大哭。叶姐也陪着落泪，可能是觉得有亏谢大哥吧，谢大哥的父亲给了他二十万块钱人民币。依叶姐的意思，是要把钱存入银行，留着给儿子读大学、再以后结婚用。谢大哥比叶姐有经济头脑，他主张在市中心买一个门面。挑地段、选大小、和房产开发商谈价钱、办手续，都是谢大哥一手经办。产权证拿回来的时候，谢大哥卖了个关子，要叶姐猜是谁的名字。叶姐懒得猜，笑着说谁的名字不都一样。谢大哥也不坚持，笑着把产权证交给了叶姐。叶姐顺手打开产权证，上面竟然是她的名字。她好吃惊，问谢大哥为什么不写他的或儿子的名字。谢大哥笑笑，说他身体不好，肯定是要走在她前面的。有个门面给叶姐养老，也不用担心儿子以后是孝顺还是不孝顺。

叶姐是个心里藏不得事的人，当天晚上就巴巴地跑到我家，一五一十地跟我说了产权证的事。她重复谢大哥说的话的时候，眼角眉梢都含着笑，声音轻柔地跟说梦话似的。我也从心底里替叶姐高兴，文绉绉地说了句："以你心换他心，终知夫情深。"

老娘，老婆

　　苏艳平打了余姨，用她家的水勺，对着余姨的头，连打了三下。

　　余姨正在厨房里洗碗。买菜、做饭菜，是余姨的事，吃过饭，收拾桌子、洗碗筷，还是余姨的事。苏艳平是不会伸手的，扶起筷子吃饭，放下碗走人，是苏艳平嫁进门后养成的习惯。余姨是不会说苏艳平的，谁叫自己的儿子是一个普通工人，却要攀高门，娶了厂长家里的千金呢？这也是很有面子的事。

　　苏艳平却把余姨一世的面子扫了个精光。也许是自恃自己的父亲是一厂之长吧，总觉得嫁了父亲厂子里的一名普通工人，很委屈。自从结婚那天起，她的头，在她的男人陈宏面前，在家娘余姨面前，就总是抬着、放不下似的。还老当着余姨的面骂陈宏，骂陈宏是窝囊废、没出息。陈宏不敢分辩，余姨也不敢反驳。也许那天，苏艳平跋扈过了头，陈宏的忍耐力到了极限，吵着吵着，陈宏猛然举起了手，对着苏艳平那张漂亮的涨红了的脸，就是两巴掌。

　　余姨听到儿子和媳妇在争吵，她没有放下碗筷去劝架。她知道劝也是白劝，弄不好还会火上烧油。争吵在他们两个进门的时候就开始了，饭菜都没能塞住苏艳平的嘴。余姨感觉到苏艳平进了厨房,她准备安慰苏艳平几句,刚张开嘴,喊了一句"平儿",就感觉到脑后生风。苏艳平不声不响,抄起水桶上的一把水勺,对着余姨的头,用力地敲了下去,一连敲了三下。

陈宏在房子里听到余姨喊"哎哟",听到苏艳平打了余姨之后发出的丧失理智的尖叫:"你打我,我打不过你,我就打你娘。"他愣了一下,才冲进厨房,抢下苏艳平手上的水勺。

邻居们被惊动了,纷纷指责苏艳平不对。"媳妇打家娘,这还了得!还有没有天理啊!""太没有家教了,亏她爸爸还是当厂长的,竟教出这样无法无天的女儿!""陈宏,你还是不是男人啊,你的老婆打了你的老娘,你就这么放过她?""不管三七二十一,你先打她个半死再说。"苏艳平情知自己犯了众怒,不敢再嚣张,很聪明地撒开腿跑了。

事情的经过,我是事后听余姨自己跟我讲的。我那几天不在家,出差了。余姨要我看那把变了形的水勺,要我摸她头上仍未消肿的包,说:"这一世,我爹娘没有弹过我一指头,我的死鬼男人没有打过我,却被媳妇打了,我把祖宗的脸都给丢光了。"

我握住余姨的手,想安慰她,却不知道该说些什么。我太震惊了,不知道苏艳平如何下得了那个手。余姨实在是一个很善良的人,一个没有多话很慈祥的婆婆,平常对苏艳平那个疼爱,完全是当自己的女儿看待。

陈宏呢?我回家后,并没有看到陈宏。想必他是觉得太丢面子,无颜再在邻居们面前出现,躲到他们自己的房子里去了。他会和苏艳平离婚吗?听邻居们讲,陈宏当时是跳着脚对苏艳平大吼,要苏艳平回娘家去,再不要踏进他陈家的门一步。

过了几天,苏艳平打电话到我办公室里。我很不客气地说了她一通,说她太不像话了,说在我的老家,媳妇打家娘,不只是自己的男人不会放过,家娘的娘家人也不会放过,一个祠堂里的族人也不会放过。按老辈子人的话,媳妇打家娘,是要遭天打五雷轰的。

苏艳平显然是很后悔的。她说自己也不知道那天是怎么回事，居然会做出那样的事。她说她的爸爸妈妈也把她骂得够呛，她爸爸甚至说不认她这个女儿了。她希望我转达她对余姨的问候，希望余姨能原谅她，说她实际上是很爱陈宏的，她不想离婚。

我本是不想做这个中间人的。倘若余姨一把眼泪一把鼻涕地跟我讲，为了给陈宏他们装修新房、为了给苏艳平打金器、热热闹闹地给他们办结婚酒席，她花光了她的积蓄，陈宏苏艳平在家里吃饭，不交一分钱伙食费，她每个月七百多块钱的退休工资，花个精光——这些话，都是余姨和我婆婆打闲讲时说的——我又该说什么呢？

好在余姨什么都没有说。我把苏艳平的意思讲给余姨听后，余姨老半天没吱声，想必是心里在做着激烈的斗争吧。最后，余姨缓缓地说了这么一句话。"看宏伢子是什么意思吧，如果宏伢子能够原谅小苏，我没话说。"

我抽了个空去陈宏他们自己的房子里找陈宏。房子里那个乱那个脏哟，衣服左一件右一件，扔得到处都是，喝过的空啤酒瓶、抽过的烟头，满地都是。陈宏也是胡子拉碴，衣服皱皱巴巴的。我没有直接说苏艳平找过我，而是很委婉地问他，为什么这么久都不回去看余姨，说余姨很想他。

陈宏唉声叹气，说他哪还有脸回老房子，见余姨，见他的哥哥姐姐，见邻居们。说他写了离婚申请报告，但苏艳平不肯离婚，不肯去街道办事处。

我试探着问了一句："非离婚不可吗？就没有挽回的余地吗？"

陈宏很激动地说："挽回？怎么挽回！平常，她在我面前怎么任性怎么霸道，我都可以让可以忍可以不和她计较。但她这次是打了我娘，打了生我养我的娘。我怎么让怎么忍怎么可以不计较！别说邻居们会怎么看我，良心这一关，我就过不去。"

我看看乱七八糟的屋子，再看看把两只手深深地插进头发里的陈宏，知道陈宏心里还是爱着苏艳平的，虽然说写了离婚报告，心里还是舍不得的。不然也不会借酒消愁，借烟撒气了。

我相信，时间是医治一切创伤最好的良药。

老公，老婆

陈宏又打苏艳平了。晚上邻居们看电视的时候。

苏艳平如鬼哭狼嚎般的尖叫传进我的耳朵。如同屁股底下的沙发安了强力弹簧似的，我"噌"的一下就弹起来了，然后以百米冲刺的速度冲进了他们家。

苏艳平的头在流血，如一口泉眼往外冒泉水般地在出血。血洇湿了苏艳平的头发，流到了前额，又滴落地上。

我的脚发软，手发抖，声音也抖得跟十二月份的冷风似的，一边扶住苏艳平，一边数落陈宏："你还是人吗？没见过男人用四方凳子往自己老婆头上砸的！你是要把小苏往死里打啊。"

陈宏显然也被自己一凳子砸出来的后果吓住了，但嘴上依然强硬地说："她都用刀子砍我了！我怎么就不能用凳子砸她？站着等她用刀子来砍我，把我砍死啊？"

另外几家邻居也闻声赶来了，丢开正在看的电视节目。

本来已经被自己流出的血吓住的苏艳平，见邻居们都来了，马上又回过神来，猝然挣脱了我的搀扶，不要命似的往陈宏身上扑过去，嘴里发出瘆人的尖叫："你不是想打死我吗？你打啊，你打啊，我让你打！接着打啊！"

混账的陈宏非但不躲，还往前一步，一只手揪住了苏艳平的头发，另一只手则握成拳头，要往苏艳平身上打。嘴里也是骂个不停："娶了你这个女人，我真是倒了八辈子霉。你打我娘，害得我在邻居、哥哥姐姐面前抬不起头来。我就打死你，大不了一命抵一命。这么活着，还不如死了好！"

幸亏我老公身手快，又是练过举重的，手劲比陈宏大，在陈宏的拳头就要落在苏艳平身上的时候，一只手攥住了陈宏的拳头，然后又迫使陈宏松开了揪住苏艳平头发的那只手。

有邻居提醒说："小苏这么流血不行，得赶紧送医院。余姨不在家，去女儿家住了。"

苏艳平仍旧不要命似的要往陈宏身上扑："你冤枉我！我是清白的，是你自己疑神疑神。反正我在邻居眼里已经是一个不好的媳妇了，凭我怎么夹着尾巴做人，都抹不去那个污点，我还不如死了算了。"

这可弄苦我了，一层楼六户人家，有一户老邻居已经搬走，新邻居还没有搬进来，另外三家住的都是七十多岁的公公，他们都只能劝架，拉架就只有我和我老公。我是一个假胚子，虽然比苏艳平高了大半个头，力气却远没有她大，好几次差点被她弄得要摔倒。我来气了，忘了自己是来劝架的，对着苏艳平就是一顿数落："你要死是不是？好啊，你死啊。你死了，陈宏明年又可以娶一个老婆。你就到阎王老子那里去伸冤吧，看阎王老子能不能够帮你伸冤。我告诉你，你要证明自己的清白，就必须好好地活着，用你的行动证明你是清白的。"

苏艳平好像被我说动了，停止了挣扎，软软地靠在我的肩上。

她不敢指望陈宏，我扶着苏艳平，我老公跟在后面，我们一起把苏艳平送到了医院。一路上，苏艳平唠唠叨叨地跟我讲，她要和陈宏离婚，明天就回娘家去。我没好气地说："得了，得了。你也够可以的了，居然拿刀子砍自己的男人。"

值班医生狐疑地看着苏艳平的伤口，问是怎么受伤的，我们三个都不吱声。医生就漫不经心地草草地对苏艳平的伤口处理了一下，抹了一点消毒水，上了一点儿消炎药，打了一个巴掌大的补丁。

苏艳平怎么都不肯进她自己的家，我只好让她跟我睡，要我老公睡沙发。老公很快就睡着了，很响地打着鼾。

我睡不着，苏艳平更睡不着，又都沉默着不说话。窗外，湖风如受了伤的母狼四处乱窜，窗户纸被刮得"呼呼"地响。夜渐渐深了，可我和苏艳平都睁着眼睛。

苏艳平在想什么呢？是忏悔那次打余姨的三水勺吗？还是后悔不该厚着脸皮跟陈宏和好？是忏悔多些还是后悔多些呢？恐怕都有，又都没有吧。旁观他们两人平时的表现，陈宏没有显出什么耿耿于怀，苏艳平也没有把内疚写在脸上。原来是什么样，还什么样。余姨买菜做饭菜，饭后收桌子洗碗筷，他们下了班回来吃现成的，吃完一拍屁股该上班时上班去，晚上回他们自己的房子里去。好像他们中间从来就没有发生过什么大的不愉快，好得两个人就像一个人似的，公不离婆，秤不离砣。

苏艳平翻了一下身，嘴里还发出"嗯"的一声。估计是闹腾乏了，气也泄了。她已经睡着了。

真是的。我这个旁人还在七想八想，人家当事人却没事一样早睡着了。也许，睡一觉醒来，他们两公婆，又什么事都没有了吧。

名家小写——文集

定价：65.00 元